El signo de los cuatro

Arthur Conan Doyle

El signo de los cuatro

Nueva traducción al español

traducido del inglés por Guillermo Tirelli

ROSETTA EDU

Título original: *The sign of the four*

Primera publicación: 1890

Primera edición: Octubre 2024

Publicado por Rosetta Edu
Londres, Octubre 2024
www.rosettaedu.com

ISBN: 978-1-83647-057-1

ROSETTA EDU

CLÁSICOS EN ESPAÑOL

Rosetta Edu presenta en esta colección libros clásicos de la literatura universal en nuevas traducciones al español, con un lenguaje actual, comprensible y fiel al original.

Las ediciones consisten en textos íntegros y las traducciones prestan especial atención al vocabulario, dado que es el mismo contenido que ofrecemos en nuestras célebres ediciones bilingües utilizadas por estudiantes avanzados de lengua extranjera o de literatura moderna.

Acompañando la calidad del texto, los libros están impresos sobre papel de calidad, en formato de bolsillo o tapa dura, y con letra legible y de buen tamaño para dar un acceso más amplio a estas obras.

Rosetta Edu
Londres
www.rosettaedu.com

INDICE

CAPÍTULO I — LA CIENCIA DE LA DEDUCCIÓN

Sherlock Holmes cogió su frasco del rincón de la repisa de la chimenea y su jeringuilla hipodérmica de su pulcro estuche de cuero de marruecos. Con sus dedos largos, blancos y nerviosos ajustó la delicada aguja y se remangó el puño izquierdo de la camisa. Durante un rato, sus ojos se posaron pensativos en el antebrazo y la muñeca nervudos, salpicados y llenos de cicatrices con innumerables marcas de pinchazos. Finalmente clavó la afilada punta, apretó el pequeño pistón y se hundió de nuevo en el sillón forrado de terciopelo con un largo suspiro de satisfacción.

Tres veces al día durante muchos meses había presenciado este acto pero la costumbre no había reconciliado mi mente con ello. Al contrario, de día en día me había vuelto más irritable a su vista y mi conciencia se hinchaba cada noche en mi interior al pensar que me había faltado el valor para protestar. Una y otra vez me había prometido que diría lo que siento sobre el tema pero había algo en el aire frío y despreocupado de mi compañero que le convertía en el último hombre con el que uno se molestaría a tomarse algo parecido a una libertad. Sus grandes poderes, sus maneras magistrales y la experiencia que yo había tenido de sus muchas y extraordinarias cualidades me hacían ser tímido y reacio a enojarlo.

Sin embargo, aquella tarde, ya fuera por el vino de Beaune que había tomado con mi almuerzo o por la exasperación adicional producida por la extrema deliberación de sus modales, sentí de repente que no podía aguantar más.

«¿Qué toca hoy...?», pregunté, «¿morfina o cocaína?».

Él levantó los ojos lánguidamente del viejo volumen de letras negras que había abierto. «Es cocaína», dijo, «una solución al siete por ciento. ¿Le gustaría probarla?».

«No, para nada», respondí, bruscamente. «Mi constitución aún no ha superado la campaña afgana. No puedo permitirme sobrecargarla».

Él sonrió ante mi vehemencia. «Quizá tenga razón, Watson», dijo. «Supongo que su influencia, físicamente, es mala. Sin embargo, la encuentro tan trascendentalmente estimulante y clarificadora para la mente que su acción secundaria es un asunto de poca importancia».

«¡Pero considere!», dije, con seriedad. «¡Considere el costo! Su cerebro puede, como usted dice, despertarse y excitarse, pero se trata de un proceso patológico y mórbido que implica un mayor cambio de tejidos y puede dejar, al final, una debilidad permanente. Usted sabe, además, la oscura reacción que le sobreviene después. Sin duda, el juego no vale la pena. ¿Por qué debería, por un mero placer pasajero, arriesgarse a perder esos grandes poderes con los que ha sido dotado? Recuerde que hablo no sólo como un camarada a otro sino como un médico a alguien de cuya constitución es en cierta medida responsable».

Él no parecía ofendido. Al contrario, juntó las puntas de los dedos y apoyó los codos en los brazos de su silla, como quien disfruta la conversación.

«Mi mente», dijo, «se rebela ante el estancamiento. Denme problemas, denme trabajo, denme el criptograma más abstruso o el análisis más intrincado y me encuentro en mi propia atmósfera. Puedo prescindir entonces de los estimulantes artificiales. Pero aborrezco la aburrida rutina de la existencia. Ansío la exaltación mental. Por eso he elegido mi profesión particular... o más bien la he creado, porque soy el único en el mundo».

«¿El único detective no oficial?», dije, alzando las cejas.

«El único detective de consulta no oficial», respondió. «Soy el último y más alto tribunal de apelación en materia de detección. Cuando Gregson o Lestrade o Athelney Jones están más allá de sus capacidades —lo cual, por cierto, es su estado normal—, el asunto es presentado ante mí. Examino los datos, como experto, y pronuncio la opinión de un especialista. No reclamo ningún crédito en estos casos. Mi nombre no figura en ningún periódico. El trabajo en sí, el placer de encontrar un campo para mis poderes peculiares, es mi mayor recompensa. Pero usted mismo ha tenido alguna experiencia de mis métodos de trabajo en el caso de Jefferson Hope».

«Sí, desde luego», dije yo, cordialmente. «Nunca nada me había impresionado tanto en mi vida. Incluso lo plasmé en un pequeño escrito con el título un tanto fantástico de "Un estudio en escarlata"».

Él sacudió la cabeza con tristeza. «Le he echado un vistazo», dijo. «Sinceramente, no puedo felicitarle por ello. La detección es, o debería ser, una ciencia exacta y debería tratarse de la misma manera fría e impasible. Usted ha intentado teñirla de romanticismo, lo que produce casi el mismo efecto que si trabajara una historia de amor o una fuga en la quinta proposición de Euclides».

«Pero el romance estaba ahí», le repliqué. «No podía alterar los hechos».

«Algunos hechos deberían suprimirse o al menos debería observarse un justo sentido de la proporción al tratarlos. El único punto del caso que merecía mención era el curioso razonamiento analítico de los efectos a las causas por el que logré desentrañarlo».

Me molestó esta crítica a una obra que había sido diseñada especialmente para complacerle. Confieso también que me irritaba el egoísmo que parecía exigir que cada línea de mi escrito estuviera dedicada a sus propias acciones especiales. Más de una vez, durante los años que había vivido con él en Baker Street, había observado que subyacía una pequeña vanidad en los modales tranquilos y didácticos de mi compañero. Sin embargo, no hice ningún comentario, sino que me senté a curarme la pierna herida. Me la había atravesado una bala Jezail hacía algún tiempo y, aunque no me impedía caminar, me dolía y me daba fatiga con cada cambio de tiempo.

«Mi práctica se ha extendido recientemente al Continente», dijo Holmes, al cabo de un rato, llenando su vieja pipa de raíz de brezo. «La semana pasada me consultó François Le Villard, quien, como probablemente sabrá, ha pasado bastante al frente últimamente en el servicio de detectives francés. Tiene todo el poder celta de la intuición rápida pero es deficiente en la amplia gama de conocimientos exactos que son esenciales para los desarrollos superiores de su arte. El caso se refería a un testamento y poseía algunos rasgos de interés. Pude remitirle a dos casos paralelos, el de Riga en 1857 y el de San Luis en 1871, que le han sugerido la verdadera solución. Aquí tiene la carta que recibí esta mañana reconociendo mi ayuda». Arrojó, mientras hablaba, una hoja arrugada de papel de carta extranjero. Pasé los ojos por ella y capté una profusión de notas de admiración, con «magnifiques», «coup-de-maîtres» y «tours-de-force» desparramados, todas ellas testimonio de la ardiente admiración del francés.

«Habla como un alumno a su maestro», dije yo.

«Oh, valora demasiado mi ayuda», dijo Sherlock Holmes, con ligereza. «Él mismo tiene dones considerables. Posee dos de las tres cualidades necesarias para el detective ideal. Tiene el poder de observación y el de deducción. Sólo le falta conocimiento; y eso puede llegar con el tiempo. Ahora está traduciendo mis pequeñas obras al francés».

«¿Sus obras?».

«Oh, ¿no lo sabía?», exclamó riendo. «Sí, he sido culpable de varias monografías. Versan todas sobre temas técnicos. Aquí, por ejemplo, hay una "Sobre la distinción entre las cenizas de los distintos tabacos". En ella enumero ciento cuarenta formas de tabaco de puro, de cigarrillo y de pipa, con láminas de colores que ilustran la diferencia de la ceniza. Es un punto que aparece continuamente en los juicios penales y que a veces tiene una importancia suprema como pista. Si se puede afirmar definitivamente, por ejemplo, que algún asesinato ha sido cometido por un hombre que fumaba un lunkah indio, obviamente se estrecha el campo de búsqueda. Para el ojo entrenado hay tanta diferencia entre la ceniza negra de un Trichinopoly y la pelusa blanca del ojo de perdiz como entre una col y una patata».

«Tiene un genio extraordinario para los detalles», comenté.

«Aprecio su importancia. Aquí está mi monografía sobre el trazado de huellas, con algunas observaciones sobre los usos del yeso de París como conservador de impresiones. Aquí también hay un curioso trabajito sobre la influencia de un oficio en la forma de la mano, con litotipos de las manos de pizarreros, marineros, descorchadores, compositores, tejedores y pulidores de diamantes. Se trata de un asunto de gran interés práctico para el detective científico... especialmente en casos de cadáveres no reclamados o para descubrir los antecedentes de criminales. Pero le canso con mi afición».

«En absoluto», respondí, con seriedad. «Es del mayor interés para mí, especialmente desde que he tenido la oportunidad de observar su aplicación práctica. Pero usted acaba de hablar de observación y deducción. Seguramente la una implica en cierta medida a la otra».

«Pues, difícilmente», contestó, recostándose lujosamente en su sillón y haciendo salir gruesas coronas azules de su pipa. «Por ejemplo, la observación me muestra que usted ha estado en la oficina de correos de Wigmore Street esta mañana, pero la deducción me permite saber que cuando estuvo allí despachó un telegrama».

«¡Correcto!», dije yo. «¡Correcto en ambos puntos! Pero confieso que no veo cómo ha llegado a ello. Fue un impulso repentino por mi parte y no se lo he mencionado a nadie».

«Es la simplicidad misma», comentó riéndose ante mi sorpresa, «tan absurdamente simple que una explicación es superflua; y sin embargo puede servir para definir los límites de la observación y de la deducción. La observación me dice que tiene usted un pequeño moho rojizo adherido al empeine. Justo enfrente de la oficina de Wigmore Street han levantado el pavimento y han echado un poco de tierra que está puesta de tal manera que es difícil evitar pisarla al entrar. La tierra es de ese peculiar tinte rojizo que no se encuentra, que yo sepa, en ningún otro lugar del barrio. Hasta aquí la observación. El resto es deducción».

«¿Cómo dedujo entonces el telegrama?».

«Pues, por supuesto, sabía que no había escrito ninguna carta ya que me he sentado frente a usted toda la mañana. Veo también en su escritorio, allí abierto, que tiene una hoja de sellos y un grueso fajo de tarjetas postales. ¿Para qué iba a ir a la oficina de correos, entonces, sino para enviar un telegrama? Elimine todos los demás factores y el único que queda debe ser la verdad».

«En este caso ciertamente es así», respondí, después de pensarlo un poco. «La cosa, sin embargo, es, como usted dice, de lo más simple. ¿Me consideraría impertinente si sometiera sus teorías a una prueba más severa?».

«Al contrario», respondió, «me impediría tomar una segunda dosis de cocaína. Estaré encantado de estudiar cualquier problema que me plantee».

«Le he oído decir que es difícil para un hombre tener cualquier objeto de uso cotidiano sin dejar en él la huella de su individualidad de tal forma que un observador entrenado pueda leerla. Ahora bien, tengo aquí un reloj que ha llegado recientemente a mi poder. ¿Tendría la amabilidad de permitirme tener una opinión sobre el carácter o los hábitos de su difunto propietario?».

Le entregué el reloj con un ligero sentimiento de diversión, ya que la prueba era, tal y como yo lo pensaba, imposible, y pretendía que sirviera de lección contra el tono un tanto dogmático que asumía en ocasiones. Balanceó el reloj en su mano, miró fijamente la esfera, abrió la tapa del fondo y examinó las piezas, primero a simple vista y luego con una potente lente convexa. Yo apenas pude evitar sonreír ante su rostro cabizbajo cuando él finalmente cerró la caja y me lo devolvió.

«Apenas hay datos», comentó. «El reloj ha sido limpiado recientemente, lo que me priva de los datos más sugestivos».

«Tiene razón», respondí. «Lo limpiaron antes de enviármelo». En mi fuero interno acusé a mi compañero de esgrimir una excusa de lo más vana e impotente para encubrir su fracaso. ¿Qué datos podía esperar de un reloj sin limpiar?

«Aunque insatisfactoria, mi investigación no ha sido del todo estéril», observó, mirando al techo con ojos soñadores y sin brillo. «A reserva de su corrección, debo juzgar que el reloj perteneció a su hermano mayor, que lo heredó de su padre».

«¿Eso lo deduce, sin duda, de las iniciales H. W. en la parte de atrás?».

«Así es. La W. sugiere su propio nombre. La fecha del reloj es de hace casi cincuenta años, y las iniciales son tan antiguas como el reloj: así que se hizo para la pasada generación. Las joyas suelen descender al hijo mayor y lo más probable es que tenga el mismo nombre que el padre. Su padre, si no recuerdo mal, lleva muerto muchos años. Por lo tanto, ha estado en manos de su hermano mayor».

«Bien, hasta ahora», dije. «¿Algo más?».

«Era un hombre de hábitos desordenados... muy desordenado y descuidado. Tenía buenas perspectivas pero desperdició sus oportunidades, vivió durante algún tiempo en la pobreza con ocasionales y cortos intervalos de prosperidad y, finalmente, dándose a la bebida, murió. Eso es todo lo que puedo deducir».

Salté de mi silla y cojeé impaciente por la habitación con una considerable amargura en el corazón.

«Esto es indigno de usted, Holmes», le dije. «No puedo creer que usted haya descendido a esto. Ha indagado usted en la historia de mi desdichado hermano y ahora pretende deducir este conocimiento de alguna manera rocambolesca. No puede pretender que crea que ha leído todo esto de su viejo reloj. Es poco amable y, hablando claro, tiene un toque de charlatanería».

«Mi querido doctor», dijo él, amablemente, «le ruego que acepte mis disculpas. Viendo el asunto como un problema abstracto, había olvidado lo personal y doloroso que podía ser para usted. Le aseguro, sin embargo, que ni siquiera sabía que tenía un hermano hasta que me entregó el reloj».

«Entonces, ¿cómo, en nombre de todo lo que es maravilloso, consiguió saber estos hechos? Son absolutamente correctos en todos los aspectos».

«Ah, eso es buena suerte. Sólo podía decir cuál era el balance de probabilidades. No esperaba en absoluto ser tan preciso».

«¿Pero no fue una mera suposición?».

«No, no: nunca adivino. Es un hábito chocante, destructivo para la facultad lógica. Lo que a usted le parece extraño sólo lo es porque no sigue mi hilo de pensamiento ni observa los pequeños hechos de los que pueden depender las grandes inferencias. Por ejemplo, empecé afirmando que su hermano era descuidado. Cuando observa la parte inferior de la caja de ese reloj, se da cuenta de que no sólo está mellada en dos sitios, sino que está cortada y marcada por todas partes por el hábito de guardar otros objetos duros, como monedas o llaves, en el mismo bolsillo. Seguramente no es una gran hazaña suponer que un hombre que trata con tanta displicencia un reloj de cincuenta guineas debe ser alguien descuidado. Tampoco es una deducción muy descabellada que un hombre que hereda un artículo de tal valor esté bastante bien provisto en otros aspectos».

Asentí, para demostrar que seguía su razonamiento.

«Es muy habitual que los prestamistas en Inglaterra, cuando toman un reloj como prenda, rayen el número del billete con una punta de alfiler en el interior de la caja. Es más práctico que una etiqueta, ya que no hay riesgo de que el número se pierda o se transponga. Hay no menos de cuatro números de este tipo visibles para mi lente en el interior de la caja. Inferencia: que su hermano, a menudo, tenía necesidades. Inferencia secundaria: que tuvo estallidos ocasionales de prosperidad o no podría haber redimido la prenda. Por último, le pido que mire la placa interior, que contiene el ojo de la cerradura. Fíjese en los miles de arañazos alrededor del agujero, marcas donde la llave se ha deslizado. ¿Qué llave de hombre sobrio podría haber marcado esos surcos? Pero nunca verá el reloj de un borracho sin ellas. Le da cuerda por la noche y deja estas huellas de su mano inestable. ¿Dónde está el misterio en todo esto?».

«Está tan claro como la luz del día», le contesté. «Lamento la injusticia que cometí con usted. Debería haber tenido más fe en sus maravillosas facultades. ¿Puedo preguntarle si tiene en marcha alguna investigación profesional en estos momentos?»

«Ninguna. De ahí la cocaína. No puedo vivir sin el trabajo cerebral. ¿Qué otra cosa hay para vivir? Párese aquí en la ventana. ¿Hubo alguna vez un mundo tan lúgubre, sombrío y poco provechoso? Vea cómo la niebla amarilla se arremolina por la calle y se desliza por las casas de color pardo. ¿Qué podría ser más desesperadamente prosaico y material? ¿De qué sirve tener poderes, doctor, cuando uno no tiene campo sobre el que ejercerlos? El crimen es vulgar, la existencia es vulgar, y ninguna cualidad salvo las que son vulgares tiene función alguna sobre la tierra».

Había abierto la boca para replicar a esta perorata, cuando con un golpe seco entró nuestra casera, portando una tarjeta sobre la bandeja de latón.

«Una joven para usted, señor», dijo, dirigiéndose a mi acompañante.

«Miss Mary Morstan», leyó. «¡Hum! No recuerdo el nombre. Pídale a la joven que suba, Mrs. Hudson. No se vaya, doctor. Preferiría que se quedara».

Miss Morstan entró en la habitación con paso firme y una compostura de modales, al menos en lo externo. Era una joven rubia, menuda, delicada, con guantes y vestida con el gusto más perfecto. Sin embargo, había en su atuendo una llaneza y sencillez que llevaban consigo una sugerencia de medios limitados. El vestido era de un sombrío beige grisáceo, sin adornos ni galones, y llevaba un pequeño turbante del mismo tono apagado, aliviado únicamente por una sospecha de pluma blanca en el lateral. Su rostro no tenía ni regularidad de rasgos ni belleza de tez pero su expresión era dulce y amable y sus grandes ojos azules eran singularmente espirituales y simpáticos. En una experiencia de mujeres que se extiende por muchas naciones y tres continentes distintos, nunca he contemplado un rostro que diera una promesa más clara de una naturaleza refinada y sensible. No pude dejar de observar que mientras tomaba asiento en el sillón que Sherlock Holmes le había colocado, le temblaban los labios, le temblaba la mano y mostraba todos los signos de una intensa agitación interior.

«He acudido a usted, Mr. Holmes», le dijo, «porque una vez permitió a mi patrona, Mrs. Cecil Forrester, desentrañar una pequeña complicación doméstica. Ella quedó muy impresionada por su amabilidad y habilidad».

«Mrs. Cecil Forrester», repitió pensativo. «Creo que le presté algún pequeño servicio. El caso, sin embargo, tal como lo recuerdo, era muy sencillo».

«Ella no pensaba así. Pero al menos no puede decir lo mismo del mío. Difícilmente puedo imaginar algo más extraño, más absolutamente inexplicable, que la situación en la que me encuentro».

Holmes se frotó las manos y le brillaron los ojos. Se inclinó hacia delante en su silla con una expresión de extraordinaria concentración en sus rasgos claros y como de halcón. «Exponga su caso», dijo en tono enérgico y comercial.

Sentí que mi posición era embarazosa. «Estoy seguro de que me disculparán», dije, levantándome de la silla.

Para mi sorpresa, la joven levantó su mano enguantada para detenerme. «Si su amigo», dijo, «tuviera la bondad de detenerse, podría serme de inestimable utilidad».

Volví a recostarme en mi silla.

«Brevemente», continuó ella, «los hechos son éstos. Mi padre era un oficial de un regimiento indio que me envió a casa cuando yo era apenas una niña. Mi madre había muerto y yo no tenía ningún pariente en Inglaterra. Me colocaron, sin embargo, en un cómodo internado en Edimburgo, y allí permanecí hasta los diecisiete años. En el año 1878 mi padre, que era capitán superior de su regimiento, obtuvo un permiso de doce meses y volvió a casa. Me telegrafió desde Londres que había llegado sano y salvo, y me indicó que viniera de inmediato, dando como dirección el Hotel Langham. Su mensaje, según recuerdo, estaba lleno de amabilidad y cariño. Al llegar a Londres me dirigí al Langham, y me informaron de que el Capitán Morstan se alojaba allí, pero que había salido la noche anterior y aún no había regresado. Esperé todo el día sin tener noticias suyas. Esa noche, por consejo del gerente del hotel, me comuniqué con la policía, y a la mañana siguiente lo anunciamos en todos los periódicos. Nuestras pesquisas no condujeron a ningún resultado; y desde aquel día hasta hoy no se ha vuelto a saber nada de mi desdichado padre. Volvió a casa con el corazón lleno de esperanza, para encontrar algo de paz, algo de consuelo, y en lugar de eso...». Se llevó la mano a la garganta y un sollozo ahogado cortó la frase.

«¿La fecha?», preguntó Holmes, abriendo su cuaderno de notas.

«Desapareció el 3 de diciembre de 1878, hace casi diez años».

«¿Su equipaje?».

«Permaneció en el hotel. No había nada en él que sugiriera una pista... algunas ropas, algunos libros y un número considerable de curiosidades de las Islas Andamán. Había sido uno de los oficiales a cargo de la guardia de convictos allí».

«¿Tenía él amigos en la ciudad?».

«Sólo uno que conozcamos: el Mayor Sholto, de su propio regimiento, el 34 de Infantería de Bombay. El mayor se había retirado hacía poco tiempo y vivía en Upper Norwood. Nos comunicamos con él, por supuesto, pero ni siquiera sabía que su hermano, un oficial, estaba en Inglaterra».

«Un caso singular», comentó Holmes.

«Aún no les he descrito la parte más singular. Hace unos seis años —para ser exactos, el 4 de mayo de 1882— apareció un anuncio en el *Times* en el que se pedía la dirección de Miss Mary Morstan y se afirmaba que le convendría presentarse. No se adjuntaba ni nombre ni dirección. En aquel momento yo acababa de entrar en la familia de Mrs. Cecil Forrester en calidad de institutriz. Por consejo de ella publiqué mi dirección en la columna de anuncios. El mismo día llegó por correo una cajita de cartón dirigida a mí, que encontré que contenía una perla muy grande y lustrosa. No llevaba nada escrito. Desde entonces, todos los años en la misma fecha ha aparecido siempre una caja similar, conteniendo una perla parecida, sin ninguna pista sobre el remitente. Un experto ha declarado que son de una variedad rara y de un valor considerable. Pueden ver por ustedes mismos que son muy bonitas». Abrió una caja plana mientras hablaba y me mostró seis de las perlas más finas que jamás había visto.

«Su declaración es de lo más interesante», dijo Sherlock Holmes. «¿Le ha ocurrido algo más?».

«Sí, y no más tarde que hoy. Por eso he acudido a usted. Esta mañana he recibido esta carta, que tal vez pueda leer usted mismo».

«Gracias», dijo Holmes. «El sobre también, por favor. Matasellos, Londres, S.O. Fecha, 7 de julio. ¡Hum! Marca de pulgar de hombre en la esquina... probablemente el cartero. Papel de la mejor calidad. Sobres a seis peniques el paquete. Hombre particular en su papelería. Sin dirección. "Preséntese en el tercer pilar desde la izquierda fuera del Teatro Lyceum esta noche a las siete. Si desconfía, traiga a dos amigos. Usted es una mujer agraviada y obtendrá justicia. No traiga a la policía. Si lo hace, todo será en vano. Su amigo desconocido". Bueno, realmente, este es un pequeño misterio muy bonito. ¿Qué piensa hacer, Miss Morstan?».

«Eso es exactamente lo que quiero preguntarle».

«Entonces sin duda iremos. Usted y yo y... sí, vaya, el Dr. Watson es el hombre adecuado. Su corresponsal dice que vayan dos amigos. Él y yo hemos trabajado juntos antes».

«¿Pero vendría?», preguntó ella, con algo atrayente en su voz y en su expresión.

«Me sentiría orgulloso y feliz», dije, con fervor, «si puedo ser de alguna utilidad».

«Ambos son muy amables», respondió ella. «He llevado una vida retirada y no tengo amigos a los que pueda recurrir. Si estoy aquí a las seis estará bien, supongo».

«No debe llegar más tarde», dijo Holmes. «Sin embargo, hay otra cuestión. ¿Es esta escritura la misma que la de las direcciones de la caja de perlas?».

«Las tengo aquí», respondió ella, extrayendo media docena de papeles.

«Sin duda es usted un cliente modelo. Tiene la intuición correcta. Veámoslo, ahora». Extendió los papeles sobre la mesa y echó pequeñas miradas furtivas de uno a otro. «Son escrituras disimuladas, excepto la carta», dijo, en seguida, «pero no puede haber duda en cuanto a la autoría. Vea cómo brota la incontenible *e* griega y vea el giro de la *s* final. Sin duda son de la misma persona. No quisiera sugerirle falsas esperanzas, Miss Morstan, pero ¿hay algún parecido entre esta escritura y la de su padre?».

«Nada podría ser más distinto».

«Esperaba oírle decir eso. La buscaremos, entonces, a las seis. Le ruego me permita quedarme con los papeles. Puede que investigue el asunto antes de esa hora. Sólo son las tres y media. *Au revoir*, entonces».

«*Au revoir*», dijo nuestra visitante y, con una mirada brillante y amable de uno a otro de nosotros, volvió a guardar su caja de perlas en el pecho y se alejó apresuradamente. De pie junto a la ventana, la observé caminar enérgicamente calle abajo, hasta que el turbante gris y la pluma blanca no fueron más que una mancha en la sombría multitud.

«¡Qué mujer tan atractiva!», exclamé, volviéndome hacia mi compañero.

Él había vuelto a encender su pipa y estaba recostado con los párpados caídos. «¿Lo es?», dijo, lánguidamente. «No la he observado».

«¡Realmente usted es un autómata, una máquina calculadora!», grité. «A veces hay algo verdaderamente inhumano en usted».

Él sonrió amablemente. «Es de la mayor importancia», dijo, «no permitir que su juicio se vea sesgado por cualidades personales. Un cliente es para mí una mera unidad, un factor en un problema. Las cualidades emocionales son antagónicas al razonamiento claro. Le aseguro que la mujer más bella que he conocido fue ahorcada por envenenar a tres niños pequeños por el dinero de su seguro y el hombre más repelente que conozco es un filántropo que ha gastado casi un cuarto de millón en los pobres de Londres».

«En este caso, sin embargo...».

«Nunca hago excepciones. Una excepción refuta la regla. ¿Ha tenido ocasión de estudiar el carácter en la escritura? ¿Qué opina de los garabatos de este tipo?».

«Es legible y regular», respondí. «Un hombre de hábitos comerciales y cierta fuerza de carácter».

Holmes sacudió la cabeza. «Mire sus letras largas», dijo. «Apenas se elevan por encima del rebaño común. Esa *d* podría ser una *a*, y esa *l* una *e*. Los hombres de carácter siempre diferencian sus letras largas, por muy ilegiblemente que escriban. Hay vacilación en su *k* y amor propio en sus mayúsculas. Ahora voy a salir. Tengo algunas referencias que buscar. Permítame recomendarle este libro, uno de los más notables jamás escritos. Es *El martirio del hombre* de Winwood Reade. Volveré en una hora».

Me senté en la ventana con el volumen en la mano, pero mis pensamientos estaban lejos de las atrevidas especulaciones del escritor. Mi mente discurría sobre nuestra última visita... sus sonrisas, los profundos y ricos tonos de su voz, el extraño misterio que se cernía sobre su vida. Si tenía diecisiete años en el momento de la desaparición de su padre, ahora debía de tener veintisiete, una edad dulce, cuando la juventud ha perdido la conciencia de sí misma y se ha vuelto un poco más sobria por la experiencia. Así que me senté y cavilé, hasta que me vinieron a la cabeza pensamientos tan peligrosos que me apresuré a ir a mi escritorio y me zambullí furiosamente en el último tratado sobre patología. ¿Qué era yo, un cirujano del ejército con una pierna débil y una cuenta bancaria aún más débil, para atreverme a pensar en tales cosas? Era una unidad, un factor... nada más. Si mi futuro era negro, sin duda era mejor afrontarlo como un hombre que intentar iluminarlo con meros testamentos de la imaginación.

Eran las cinco y media cuando Holmes regresó. Estaba brillante, ansioso y de excelente humor... un estado de ánimo que en su caso alternaba con ataques de la más oscura depresión.

«No hay gran misterio en este asunto», dijo, tomando la taza de té que le había servido. «Los hechos parecen admitir sólo una explicación».

«¡Qué! ¿Ya lo ha resuelto?».

«Bueno, eso sería demasiado decir. He descubierto un hecho sugestivo, eso es todo. Sin embargo, es *muy* sugestivo. Aún faltan los detalles. Acabo de descubrir, consultando los archivos atrasados del *Times*, que el Mayor Sholto, de Upper Norword, antiguo miembro del 34 de Infantería de Bombay, murió el 28 de abril de 1882».

«Puede que sea muy obtuso, Holmes, pero no veo qué sugiere esto».

«¿No? Me sorprende. Mírelo de esta manera, entonces. El Capitán Morstan desaparece. La única persona en Londres a quien pudo haber visitado es el Mayor Sholto. El Mayor Sholto niega haber oído que estaba en Londres. Cuatro años más tarde Sholto muere. *Una semana después de su muerte*, la hija del Capitán Morstan recibe un valioso regalo, que se repite de año en año, y que ahora culmina en una carta que la describe como una mujer agraviada. ¿A qué agravio puede referirse excepto a esta privación de su padre? ¿Y por qué han de empezar los regalos inmediatamente después de la muerte de Sholto, a menos que sea porque el heredero de éste sabe algo del misterio y desea resarcirse? ¿Tiene alguna teoría alternativa que se ajuste a los hechos?».

«¡Pero, qué compensación tan extraña! ¡Y qué extrañamente hecha! ¿Por qué, además, iba a escribir una carta ahora y no hace seis años? Además, la carta habla de hacerle justicia. ¿Qué justicia puede tener ella? Es demasiado suponer que su padre sigue vivo. No hay ninguna otra injusticia en su caso que usted conozca».

«Hay dificultades; ciertamente hay dificultades», dijo Sherlock Holmes, pensativo. «Pero nuestra expedición de esta noche las resolverá todas. Ah, aquí está el carruaje, y Miss Morstan está dentro. ¿Tiene todo preparado? Entonces será mejor que bajemos, pues ya se pasa un poco de la hora».

Recogí mi sombrero y mi bastón más pesado, pero observé que Holmes sacaba su revólver del cajón y se lo metía en el bolsillo. Estaba claro que pensaba que el trabajo nuestro para esa noche podía tener una naturaleza seria.

Miss Morstan estaba embozada en una capa oscura y su rostro sensible estaba sereno, pero pálido. Debía de ser más que una mujer si no sentía cierta inquietud ante la extraña empresa en la que nos embarcábamos; sin embargo, su autocontrol era perfecto y respondió con facilidad a las pocas preguntas adicionales que Sherlock Holmes le formuló.

«El Mayor Sholto era un amigo muy particular de papá», dijo. «Sus cartas estaban llenas de alusiones al mayor. Él y papá estaban al mando de las tropas en las Islas Andamán, por lo que se relacionaban mucho. Por cierto, en el escritorio de papá se encontró un curioso papel que nadie pudo entender. No creo que tenga la menor importancia, pero pensé que le interesaría verlo, así que lo traje conmigo. Está aquí».

Holmes desdobló el papel con cuidado y lo alisó sobre su rodilla. Luego lo examinó muy metódicamente por todas partes con su doble lente.

«Es papel de fabricación india», observó. «En algún momento ha estado clavado en una tabla. El diagrama que hay en él parece ser el plano de parte de un gran edificio con numerosas salas, pasillos y pasadizos. En un punto hay una pequeña cruz hecha con tinta roja, y encima pone "3,37 desde la izquierda", en letra en lápiz descolorido. En la esquina izquierda hay un curioso jeroglífico como cuatro cruces en línea con los brazos tocándose. A su lado está escrito, en caracteres muy toscos y groseros, "El signo de los cuatro... Jonathan Small, Mahomet Singh, Abdullah Khan, Dost Akbar". Confieso que no veo qué relación tiene esto con el asunto. Sin embargo, es evidentemente un documento de importancia. Ha sido guardado cuidadosamente en una libreta de bolsillo; porque una cara está tan limpia como la otra».

«Lo encontramos en su cuaderno de bolsillo».

«Consérvelo con cuidado, entonces, Miss Morstan, pues puede resultarnos útil. Empiezo a sospechar que este asunto puede resultar mucho más profundo y sutil de lo que yo suponía al principio. Debo reconsiderar mis ideas». Él se recostó en el taxi y pude ver por su ceño fruncido y su mirada ausente que estaba pensando intensamente. Miss Morstan y yo charlamos en voz baja sobre nuestra expedición actual y su posible resultado, pero nuestro compañero mantuvo su impenetrable reserva hasta el final de nuestro viaje.

Era una tarde de septiembre y aún no habían dado las siete, pero el día había sido lúgubre y una densa llovizna se cernía sobre la gran ciudad. Nubes color barro caían tristemente sobre las calles embarradas. Abajo, en el Strand, las farolas no eran más que brumosas manchas de luz difusa que arrojaban un débil resplandor circular sobre el viscoso pavimento. El resplandor amarillo de los escaparates se derramaba en el aire húmedo y vaporoso, y arrojaba un resplandor turbio y cambiante sobre la atestada vía pública. A mi modo de ver, había algo espeluznante y fantasmal en la interminable procesión de rostros que revoloteaban por aquellas estrechas barras de luz: rostros tristes y alegres, demacrados y felices. Como toda la humanidad, revoloteaban de la penumbra a la luz y así de nuevo a la penumbra. No soy propenso a impresionarme, pero la tarde aburrida y pesada, con el extraño asunto en el que estábamos enfrascados, se combinaron para ponerme nervioso y deprimido. Por los modales de Miss Morstan pude ver que padecía el mismo sentimiento. Sólo Holmes podía elevarse por encima de las mezquinas influencias. Sostenía su cuaderno de notas abierto sobre la rodilla y de vez en cuando anotaba cifras y notas a la luz de su linterna de bolsillo.

En el Lyceum Theatre la multitud ya era densa en las entradas laterales. Delante, había un flujo continuo de coches de caballos y vehículos de cuatro ruedas que traqueteaban, descargando sus cargamentos de hombres con camisa y mujeres con chales y diamantes. Apenas habíamos llegado al tercer pilar, donde era nuestra cita, cuando un hombre pequeño, moreno y enérgico vestido de cochero nos abordó.

«¿Son ustedes los que vienen con Miss Morstan?», preguntó.

«Yo soy Miss Morstan y estos dos caballeros son mis amigos», dijo ella.

Inclinó sobre nosotros un par de ojos maravillosamente penetrantes e interrogadores. «Me disculpará, señorita», dijo con cierto aire obstinado, «pero iba a pedirle que me diera su palabra de que ninguno de sus acompañantes es policía».

«Le doy mi palabra», respondió ella.

Él dio un silbido estridente, ante el cual un árabe de la calle atravesó un coche de cuatro ruedas y abrió la puerta. El hombre que se había dirigido a nosotros montó en la caja, mientras nosotros ocupábamos nuestros puestos en el interior. Apenas lo habíamos hecho cuando el conductor fustigó a su caballo y nos alejamos a un ritmo endiablado por las calles neblinosas.

La situación era curiosa. Nos dirigíamos a un lugar desconocido, con un recado desconocido. Sin embargo, o bien nuestra invitación era un completo engaño —lo cual era una hipótesis inconcebible— o bien teníamos buenas razones para pensar que de nuestro viaje podían pender cuestiones importantes. El porte de Miss Morstan era tan resuelto y sereno como siempre. Me esforcé por animarla y divertirla con reminiscencias de mis aventuras en Afganistán; pero, a decir verdad, yo mismo estaba tan excitado por nuestra situación y sentía tanta curiosidad por nuestro destino que no estaba muy presente en mis relatos. Hasta el día de hoy ella declara que le conté una conmovedora anécdota sobre cómo un mosquete se asomó a mi tienda en plena noche y cómo le disparé un cachorro de tigre de doble cañón. Al principio yo tenía cierta idea de la dirección en la que íbamos; pero pronto, con nuestro ritmo, la niebla y mi propio conocimiento limitado de Londres, perdí la orientación y no supe nada, salvo que parecía que íbamos muy lejos. Sin embargo, Sherlock Holmes nunca fallaba y murmuraba los nombres mientras el taxi traqueteaba por plazas y entraba y salía por tortuosas callejuelas.

«Rochester Row», dijo. «Ahora Vincent Square. Ahora salimos a Vauxhall Bridge Road. Vamos hacia el lado de Surrey, aparentemente. Sí, eso pensaba. Ahora estamos en el puente. Pueden vislumbrar el río».

En efecto, pudimos ver fugazmente un tramo del Támesis con las lámparas brillando sobre el agua ancha y silenciosa; pero nuestro taxi siguió a toda velocidad y pronto se vio envuelto en un laberinto de calles al otro lado.

«Wordsworth Road», dijo mi acompañante. «Priory Road». Lark Hall Lane. Stockwell Place. Robert Street. Cold Harbor Lane. Nuestra búsqueda no parece llevarnos a regiones muy de moda».

Habíamos llegado, en efecto, a un barrio cuestionable y prohibido. Largas hileras de aburridas casas de ladrillo sólo se veían aliviadas por el grosero resplandor y la chabacana brillantez de los bares de la esquina. Luego venían hileras de villas de dos plantas, cada una con una fachada de jardín en miniatura y, de nuevo, interminables líneas de nuevos edificios de ladrillo visto, los monstruosos tentáculos que la gigantesca ciudad estaba lanzando al campo. Por fin el taxi se detuvo ante la tercera casa de una nueva terraza. Ninguna de las otras casas estaba habitada, y aquella en la que nos detuvimos estaba tan oscura como sus vecinas, salvo por un único resplandor en la ventana de la cocina. Al llamar, sin embargo, la puerta fue abierta de golpe por un sirviente hindú ataviado con un turbante amarillo, ropas blancas holgadas y una faja amarilla. Había algo extrañamente incongruente en esta figura oriental enmarcada en la vulgar puerta de una vivienda suburbana de tercera categoría.

«El Sahib les espera», dijo, e incluso mientras hablaba llegó una aguda voz aflautada desde alguna habitación interior. «Hazlos pasar, khitmutgar», gritó. «Hazlos pasar».

Seguimos al indio por un pasadizo sórdido y común, mal iluminado y peor amueblado, hasta que llegó a una puerta a la derecha, que abrió de par en par. Un resplandor de luz amarilla se derramó sobre nosotros y en el centro del resplandor se alzaba un hombre pequeño con una cabeza muy alta, una cerda de pelo rojo alrededor de toda la frente, y un cuero cabelludo calvo y brillante que sobresalía de entre ella como un pico de montaña entre los abetos. Se retorcía las manos cuando estaba de pie y sus facciones experimentaban una perpetua sacudida, a veces sonriendo, a veces frunciendo el ceño, pero nunca, ni por un instante, en reposo. La naturaleza le había dotado de un labio colgante y una línea demasiado visible de dientes amarillos e irregulares, que se esforzaba débilmente en disimular pasándose constantemente la mano por la parte inferior de la cara. A pesar de su prominente calvicie, daba la impresión de ser joven. En realidad, acababa de cumplir treinta años.

«Su servidor, Miss Morstan», repetía una y otra vez, con voz fina y aguda. «Su servidor, caballeros. Por favor, pasen a mi pequeño santuario. Un lugar pequeño, señorita, pero amueblado a mi gusto. Un oasis de arte en el aullante desierto del sur de Londres».

Todos estábamos asombrados por el aspecto del apartamento al que nos invitó. En aquella lamentable casa parecía tan fuera de lugar como un diamante de primera agua en un engaste de latón. Los más ricos y brillantes cortinas y tapices cubrían las paredes, enrollados aquí y allá para dejar al descubierto algún cuadro ricamente montado o un jarrón oriental. La alfombra era de color ámbar y negro, tan suave y tan gruesa que el pie se hundía agradablemente en ella, como en un lecho de musgo. Dos grandes pieles de tigre arrojadas sobre ella aumentaban la sugerencia de lujo oriental, al igual que un enorme narguile que estaba sobre una estera en un rincón. Una lámpara en forma de paloma de plata colgaba de un cable dorado casi invisible en el centro de la habitación. Al arder llenaba el aire de un olor sutil y aromático.

«Mr. Thaddeus Sholto», dijo el hombrecillo, todavía sacudiéndose y sonriendo. «Ése es mi nombre. Usted es Miss Morstan, por supuesto. Y estos caballeros...».

«Este es Mr. Sherlock Holmes, y este es el Dr. Watson».

«¿Un doctor, eh?», gritó él, muy excitado. «¿Tiene su estetoscopio? ¿Puedo preguntarle si tendría la amabilidad? Tengo serias dudas sobre mi válvula mitral; si fuera tan amable. Puedo confiar en la aórtica pero valoraría su opinión sobre la mitral».

Le ausculté el corazón, como me había pedido, pero no pude encontrar nada raro, salvo que estaba en un éxtasis de miedo, pues temblaba de pies a cabeza. «Parece estar normal», le dije. «No tiene motivos para inquietarse».

«Disculpará mi ansiedad, Miss Morstan», comentó, con ligereza. «Sufro mucho, y hace tiempo que tengo sospechas sobre esa válvula. Me alegra oír que son injustificadas. Si su padre, Miss Morstan, se hubiera abstenido de forzar su corazón, ahora podría estar vivo».

Hubiera podido golpear al hombre en la cara, tan enojado estaba yo por esta referencia insensible y despreocupada a un asunto tan delicado. Miss Morstan se sentó y su rostro se puso blanco hasta los labios. «Sabía en mi corazón que estaba muerto», dijo.

«Puedo darle toda la información», dijo, «y, lo que es más, puedo hacerle justicia; y también lo haré, diga lo que diga el Hermano Bartholomew. Me alegro mucho de tener aquí a sus amigos, no sólo como escolta para usted, sino también como testigos de lo que voy a hacer y decir. Los tres podemos mostrar un frente audaz al Hermano Bartholomew. Pero que no venga nadie de fuera, ni policías ni funcionarios. Podemos resolverlo todo satisfactoriamente entre nosotros, sin ninguna interferencia. Nada molestaría más al Hermano Bartholomew que cualquier publicidad». Se sentó en un sofá bajo y nos miró inquisitivamente con sus débiles y acuosos ojos azules.

«Por mi parte», dijo Holmes, «lo que usted decida decir no irá más allá de mí».

Asentí para mostrar mi acuerdo.

«¡Así está bien! ¡Así está bien!», dijo él. «¿Puedo ofrecerle una copa de Chianti, Miss Morstan? ¿O de Tokay? No guardo otros vinos. ¿Abro una botella? ¿No? Bueno, entonces, confío en que no tenga objeción al humo del tabaco, al suave olor balsámico del tabaco oriental. Estoy un poco nervioso y encuentro en mi narguile un sedante inestimable». Aplicó una cerilla a la gran cazoleta, y el humo burbujeó alegremente a través del agua de rosas. Nos sentamos los tres en semicírculo, con las cabezas adelantadas y las barbillas sobre las manos, mientras el extraño y espasmódico hombrecillo, con su cabeza alta y brillante, resoplaba inquieto en el centro.

«Cuando decidí por primera vez comunicarle esto», dijo, «podría haberle dado mi dirección, pero temí que hiciera caso omiso de mi petición y trajera consigo a gente desagradable. Me tomé la libertad, por tanto, de concertar una cita de tal manera que mi criado, Williams, pudiera verle a usted primero. Confío plenamente en su discreción y tenía órdenes, si no estaba satisfecho, de no proceder más allá en el asunto. Me disculpará estas precauciones, pero soy un hombre al que le gusta estar retirado, e incluso podría decir que soy refinado, y no hay nada más antiestético que un policía. Tengo una retracción natural hacia todas las formas de materialismo burdo. Rara vez entro en contacto con la gente ruda. Vivo, como ve, con una pequeña atmósfera de elegancia a mi alrededor. Puedo considerarme un mecenas de las artes. Es mi debilidad. El paisaje es un Corot genuino y, aunque un entendido podría tal vez arrojar una duda sobre ese Salvator Rosa, no puede haber la menor duda sobre el Bouguereau. Tengo debilidad por la escuela francesa moderna».

«Me disculpará, Mr. Sholto», dijo Miss Morstan, «pero estoy aquí a petición suya para enterarme de algo que desea decirme. Es muy tarde y desearía que la entrevista fuera lo más breve posible».

«En el mejor de los casos, nos llevará algún tiempo», respondió; «porque sin duda tendremos que ir a Norwood a ver al Hermano Bartholomew. Iremos todos e intentaremos sacar lo mejor del Hermano Bartholomew. Está muy enfadado conmigo por haber tomado el camino que me ha parecido correcto. Anoche tuve unas palabras bastante subidas de tono con él. No puede imaginarse lo terrible que es cuando está enfadado».

«Si vamos a ir a Norwood, tal vez sería mejor empezar de una vez», me aventuré a comentar.

Él se rió hasta que sus orejas se pusieron bastante rojas. «Eso apenas si serviría», gritó. «No sé qué diría si la trajera de esa manera tan repentina. No, debo prepararle mostrándole cómo estamos unos con otros. En primer lugar, debo decirle que hay varios puntos en la historia que yo mismo ignoro. Sólo puedo exponerles los hechos hasta donde yo mismo los conozco.

«Mi padre era, como ya habrán adivinado, el Mayor John Sholto, que perteneció al ejército indio. Se retiró hace unos once años y vino a vivir a Pondicherry Lodge, en Upper Norwood. Había prosperado en la India y trajo consigo una considerable suma de dinero, una gran colección de valiosas curiosidades y una plantilla de sirvientes nativos. Con estas ventajas se compró una casa y vivió con gran lujo. Mi hermano gemelo, Bartholomew, y yo éramos los únicos hijos.

«Recuerdo muy bien la sensación que causó la desaparición del Capitán Morstan. Leímos los detalles en los periódicos y, sabiendo que había sido amigo de nuestro padre, discutimos el caso libremente en su presencia. Él solía unirse a nuestras especulaciones sobre lo que podía haber ocurrido. Ni por un instante sospechamos que tenía todo el secreto oculto en su propio pecho, que de todos los hombres sólo él conocía el destino de Arthur Morstan.

«Sabíamos, sin embargo, que algún misterio —algún peligro real— se cernía sobre nuestro padre. Él tenía mucho miedo de salir solo y siempre empleaba a dos boxeadores para que hicieran de porteros en Pondicherry Lodge. Williams, que le llevó a usted esta noche, era uno de ellos. Una vez fue campeón de peso ligero de Inglaterra. Nuestro padre nunca nos dijo qué era lo que temía pero sentía una aversión muy marcada por los hombres con patas de palo. En una ocasión llegó a disparar su revólver contra un hombre con pata de palo, que resultó ser un inofensivo comerciante que buscaba pedidos. Tuvimos que pagar una gran suma para silenciar el asunto. Mi hermano y yo solíamos pensar que se trataba de un mero capricho de mi padre pero los acontecimientos nos han llevado desde entonces a cambiar de opinión.

«A principios de 1882 mi padre recibió una carta de la India que supuso un gran shock para él. Casi se desmayó en la mesa del desayuno cuando la abrió y desde ese día enfermó hasta la muerte. Nunca pudimos descubrir qué contenía la carta pero pude ver mientras la sostenía que era corta y estaba escrita con letra garabateada. Había sufrido durante años de un agrandamiento del bazo pero ahora empeoró rápidamente y hacia finales de abril nos informaron de que estaba más allá de toda esperanza y que deseaba hacernos una última comunicación.

«Cuando entramos en su habitación estaba apuntalado con almohadas y respiraba con dificultad. Nos rogó que cerráramos la puerta con llave y que nos pusiéramos a ambos lados de la cama. Luego, cogiéndonos de la mano, nos hizo una declaración extraordinaria, con una voz quebrada tanto por la emoción como por el dolor. Intentaré transmitírselos con sus propias palabras.

«"Sólo tengo una cosa", dijo, "que pesa sobre mi mente en este momento supremo. Es mi trato a la pobre huérfana de Morstan. La maldita avaricia que ha sido mi pecado acosador a lo largo de la vida le ha retenido el tesoro, la mitad al menos del cual debería haber sido suyo. Y sin embargo, yo mismo no he hecho uso de él... tan ciega y necia es la avaricia. El mero sentimiento de posesión me ha sido tan querido que no podría soportar compartirlo con alguien. Vean ese rosario bañada en perlas junto a la botella de quinina. Ni siquiera de esa pude soportar separarme, aunque lo había sacado con el designio de enviárselo. Ustedes, hijos míos, le darán una parte justa del tesoro de Agra. Pero no le envíen nada —ni siquiera el rosario— hasta que yo me haya ido. Después de todo, hay hombres que han estado tan mal como yo y se han recuperado.

«"Les contaré cómo murió Morstan", continuó. "Sufría desde hacía años de un corazón débil pero lo ocultaba a todo el mundo. Sólo yo lo sabía. Cuando estábamos en la India, él y yo, por una notable cadena de circunstancias, llegamos a poseer un tesoro considerable. Lo traje a Inglaterra y, la misma noche en que llegó, Morstan vino directamente a reclamar su parte. Vino a pie desde la estación y fue admitido por mi fiel y viejo Lal Chowdar, ya fallecido. Morstan y yo tuvimos una diferencia de opinión en cuanto al reparto del tesoro y llegamos a una discusión acalorada. Morstan había saltado de su silla en un paroxismo de cólera, cuando de repente se llevó la mano al costado, su rostro adquirió un tono mortecino y cayó de espaldas, cortándose la cabeza contra la esquina del cofre del tesoro. Cuando me incliné sobre él descubrí, para mi horror, que estaba muerto.

«"Durante mucho tiempo estuve sentado, ausente a medias, preguntándome qué debía hacer. Mi primer impulso fue, por supuesto, pedir auxilio; pero no podía dejar de reconocer que había muchas posibilidades de que me acusaran de su asesinato. Su muerte en el momento de una pelea, y el corte en su cabeza, serían oscuros hechos contra mí. Además, una investigación oficial no podría hacerse sin sacar a la luz algunos hechos sobre el tesoro, que yo deseaba especialmente mantener en secreto. Él me había dicho que ningún alma sobre la tierra sabía adónde había ido. No parecía haber necesidad de que ningún alma lo supiera jamás.

«"Todavía estaba cavilando sobre el asunto, cuando, al levantar la vista, vi a mi criado, Lal Chowdar, en el umbral de la puerta. Entró a hurtadillas y cerró la puerta tras de sí. 'No tema, Sahib', me dijo. 'Nadie tiene por qué saber que le ha matado. Escondámoslo y ¿quién sabrá más?'. 'Yo no lo maté', dije. Lal Chowdar sacudió la cabeza y sonrió. 'Lo he oído todo, Sahib', dijo. 'Les oí discutir y oí el golpe. Pero mis labios están sellados. Todos duermen en la casa. Vamos a sacarlo juntos'. Eso bastó para decidirme. Si mi propio criado no podía creer en mi inocencia, ¿cómo podía esperar hacerla valer ante doce tontos comerciantes en un banquillo de jurado? Lal Chowdar y yo nos deshicimos del cadáver aquella noche y a los pocos días los periódicos londinenses estaban llenos de la misteriosa desaparición del Capitán Morstan. Verán, por lo que digo, que difícilmente se me puede culpar en el asunto. Mi culpa radica en que ocultamos no sólo el cadáver, sino también el tesoro, y en que me he aferrado a la parte de Morstan tanto como a la mía propia. Deseo, por tanto, restituir con justicia. Acerquen sus oídos a mi boca. El tesoro está escondido en...".

«En ese instante se produjo un horrible cambio en su expresión; sus ojos miraron desorbitados, se le cayó la mandíbula y gritó, con una voz que nunca podré olvidar: "¡Que se quede fuera! Por el amor de Dios, ¡manténganlo fuera!". Ambos miramos fijamente la ventana que había detrás de nosotros y en la que estaba clavada su mirada. Un rostro nos miraba desde la oscuridad. Podíamos ver el blanqueamiento de la nariz donde se apretaba contra el cristal. Era un rostro barbudo y peludo, con ojos salvajes y crueles y una expresión de concentrada malevolencia. Mi hermano y yo corrimos hacia la ventana pero el hombre había desaparecido. Cuando volvimos junto a mi padre su cabeza había caído y su pulso había dejado de latir.

«Registramos el jardín aquella noche pero no encontramos ninguna señal del intruso, salvo que justo debajo de la ventana se veía una única huella en el parterre. De no ser por ese único rastro podríamos haber pensado que nuestra imaginación había conjurado aquel rostro salvaje y feroz. Pronto, sin embargo, tuvimos otra prueba más sorprendente de que había agencias secretas trabajando a nuestro alrededor. La ventana de la habitación de mi padre fue encontrada abierta por la mañana, sus armarios y cajas habían sido desvalijados y sobre su pecho estaba fijado un trozo de papel rasgado con las palabras "El signo de los cuatro" garabateadas. Nunca supimos qué significaba la frase ni quién podía haber sido nuestro visitante secreto. Por lo que podemos juzgar, ninguna de las propiedades de mi padre había sido realmente robada, aunque todo había sido volcado. Mi hermano y yo asociamos naturalmente este peculiar incidente con el miedo que persiguió a mi padre durante su vida; pero sigue siendo un completo misterio para nosotros».

El hombrecillo se detuvo para volver a encender su narguile y dio una calada pensativa durante unos instantes. Todos nos habíamos sentado absortos, escuchando su extraordinaria narración. Ante el breve relato de la muerte de su padre, Miss Morstan se había puesto mortalmente blanca y por un momento temí que estuviera a punto de desmayarse. Sin embargo, se recuperó al beber un vaso de agua que le serví en silencio de una jarra veneciana que había sobre la mesa auxiliar. Sherlock Holmes se reclinó en su silla con expresión abstraída y los párpados bajos sobre sus ojos brillantes. Mientras lo miraba, no podía dejar de pensar en cómo aquel mismo día se había quejado amargamente de la vulgaridad de la vida. Al menos aquí había un problema que pondría a prueba su sagacidad al maximo. Mr. Thaddeus Sholto nos miró de uno a otro con evidente orgullo por el efecto que había producido su historia, y luego continuó entre caladas de su desmesurada pipa.

«Mi hermano y yo», dijo, «estábamos, como pueden imaginarse, muy excitados en cuanto al tesoro del que había hablado mi padre. Durante semanas y meses cavamos y rebuscamos en todos los rincones del jardín, sin descubrir su paradero. Era enloquecedor pensar que el escondite estaba en sus mismos labios en el momento en que murió. Podíamos juzgar el esplendor de las riquezas desaparecidas por el rosario que había sacado. Sobre este rosario mi Hermano Bartholomew y yo tuvimos alguna pequeña discusión. Las perlas eran evidentemente de gran valor y él era reacio a desprenderse de ellas, pues, entre amigos, mi hermano era él mismo un poco proclive a la falta de mi padre. Pensó, además, que si nos separábamos del rosario podría dar lugar a habladurías y, finalmente, traernos problemas. Fue todo lo que pude hacer para persuadirle de que me permitiera averiguar la dirección de Miss Morstan y enviarle una perla suelta a intervalos fijos, para que al menos nunca se sintiera desamparada».

«Fue un pensamiento amable», dijo nuestra compañera, con seriedad. «Fue extremadamente bueno por su parte».

El hombrecillo hizo un gesto de desaprobación con la mano. «Éramos sus fideicomisarios», dijo. «Ése era el punto de vista que yo tenía, aunque el Hermano Bartholomew no podía verlo del todo bajo esa luz. Nosotros mismos teníamos mucho dinero. Yo no deseaba más. Además, habría sido de muy mal gusto tratar a una joven de una manera tan despreciable. *Le mauvais goût mène au crime*. Los franceses tienen una manera muy pulcra de decir estas cosas. Nuestra diferencia de opinión sobre este tema llegó tan lejos que pensé que lo mejor era instalarme por mi cuenta: así que abandoné Pondicherry Lodge, llevándome conmigo al viejo khitmutgar y a Williams. Ayer, sin embargo, me enteré de que había ocurrido un acontecimiento de extrema importancia. Se ha descubierto el tesoro. Me comuniqué al instante con Miss Morstan y sólo nos queda ir hasta Norwood y exigir nuestra parte. Anoche expliqué mi punto de vista al Hermano Bartholomew... así que seremos visitantes esperados, si no bienvenidos».

Mr. Thaddeus Sholto cesó y se sentó retorciéndose en su lujoso sofá. Todos permanecimos en silencio, con nuestros pensamientos puestos en el nuevo desarrollo que había tomado el misterioso asunto. Holmes fue el primero en ponerse en pie.

«Ha hecho bien, señor, desde el principio hasta el final», dijo. «Es posible que podamos hacerle algún pequeño beneficio arrojando algo de luz sobre lo que aún le resulta oscuro. Pero, como acaba de señalar Miss Morstan, es tarde, y será mejor que resolvamos el asunto sin demora».

Nuestro nuevo conocido enrolló con prontitud el tubo de su narguile y sacó de detrás de una cortina un larguísimo abrigo con cuello y puños de astracán. Éste lo abotonó hasta arriba, a pesar de la noche extremadamente oscura, y completó su atuendo poniéndose una gorra de piel de conejo con orejeras colgantes, de modo que no se veía ninguna parte de él salvo su rostro móvil y picudo. «Mi salud es algo frágil», comentó, mientras nos guiaba por el pasadizo. «Me veo obligado a ser valetudinario».

Nuestro taxi nos esperaba fuera y nuestro programa estaba evidentemente preestablecido, pues el conductor arrancó enseguida a gran velocidad. Thaddeus Sholto hablaba sin cesar, con una voz que se elevaba por encima del traqueteo de las ruedas.

«Bartholomew es un tipo listo», dijo. «¿Cómo creen que averiguó dónde estaba el tesoro? Había llegado a la conclusión de que estaba en algún lugar del interior: así que calculó todo el espacio cúbico de la casa e hizo mediciones por todas partes, para que no quedara ni una pulgada sin contar. Entre otras cosas, averiguó que la altura del edificio era de setenta y cuatro pies, pero al sumar las alturas de todas las habitaciones separadas y, teniendo en cuenta el espacio entre ellas, que comprobó mediante sondeos, no pudo hacer que el total superara los setenta pies. Quedaban cuatro pies sin contar. Éstos sólo podían estar en la parte superior del edificio. Hizo un agujero, por tanto, en el techo de listones y yeso de la habitación más alta, y allí, efectivamente, se encontró con otra pequeña buhardilla por encima, que había sido sellada y nadie conocía. En el centro estaba el cofre del tesoro, apoyado sobre dos vigas. Lo bajó por el agujero y allí yace. Calcula el valor de las joyas en no menos de medio millón de libras esterlinas».

Ante la mención de esta gigantesca suma todos nos miramos con los ojos abiertos. Miss Morstan, si conseguíamos sus derechos, pasaría de ser una institutriz necesitada a ser la heredera más rica de Inglaterra. Seguramente era propio de un amigo leal alegrarse ante semejante noticia; sin embargo, me avergüenza decir que el egoísmo me tomó por el alma y que mi corazón se volvió tan pesado como el plomo en mi interior. Balbuceé algunas palabras entrecortadas de felicitación y luego me senté abatido, con la cabeza caída, sordo a los balbuceos de nuestro nuevo conocido. Era claramente un hipocondríaco empedernido y yo era consciente entre sueños de que estaba vertiendo interminables cadenas de síntomas e implorando información sobre la composición y acción de innumerables panaceas de curanderos, algunas de los cuales llevaba en un estuche de cuero en el bolsillo. Con seguridad, no recuerdo ninguna de las respuestas que le di aquella noche. Holmes declara que me oyó advertirle contra el gran peligro de tomar más de dos gotas de aceite de ricino, mientras que yo le recomendaba estricnina en grandes dosis como sedante. Sea como fuere, me sentí ciertamente aliviado cuando nuestro taxi se detuvo de un tirón y el cochero bajó de un salto para abrir la puerta.

«Esto, Miss Morstan, es el Pondicherry Lodge», dijo Mr. Thaddeus Sholto al ayudarla a descender.

Eran casi las once cuando llegamos a esta etapa final de nuestras aventuras nocturnas. Habíamos dejado atrás la húmeda niebla de la gran ciudad y la noche era bastante agradable. Soplaba un viento cálido del oeste y pesadas nubes se movían lentamente por el cielo, una media luna asomando de vez en cuando entre las grietas. Estaba lo bastante despejado como para ver a cierta distancia, pero Thaddeus Sholto descolgó una de las lámparas laterales del carruaje para iluminar mejor nuestro camino.

Pondicherry Lodge se alzaba en sus propios terrenos y estaba rodeado por un muro de piedra muy alto rematado con cristales rotos. Una única y estrecha puerta con abrazaderas de hierro constituía el único medio de entrada. Nuestro guía llamó a la puerta con un peculiar golpe de cartero.

«¿Quién es?», gritó una voz ronca desde el interior.

«Soy yo, McMurdo. Seguro que ya conoce mi forma de llamar».

Se oyó un gruñido y un tintineo y traqueteo de llaves. La puerta giró pesadamente hacia atrás y un hombre bajo y de pecho profundo se plantó en la abertura, con la luz amarilla de la linterna brillando sobre su rostro saliente y sus ojos parpadeantes y desconfiados.

«¿Es usted, Mr. Thaddeus? ¿Pero quiénes son los otros? No recibí órdenes sobre ellos del amo».

«¿No, McMurdo? Me sorprende. Anoche le dije a mi hermano que iba a traer algunos amigos».

«Él no ha salido de su habitación hoy, Mr. Thaddeus, y no tengo órdenes. Sabe muy bien que debo atenerme a las normas. Puedo dejarle entrar, pero sus amigos deben quedarse donde están».

Se trataba de un obstáculo inesperado. Thaddeus Sholto miró a su alrededor perplejo e impotente. «¡Eso está muy mal de su parte, McMurdo!», dijo. «Si yo se lo garantizo, eso debería ser suficiente para usted. También está la joven. Ella no puede esperar en la vía pública a esta hora».

«Lo siento mucho, Mr. Thaddeus», dijo el portero, inexorable. «La gente puede ser amiga suya, pero no del amo. Me paga bien para que cumpla con mi deber, y mi deber cumpliré. No conozco a ninguno de sus amigos».

«Oh, sí que lo hace, McMurdo», exclamó Sherlock Holmes, gentilmente. «No creo que pueda haberme olvidado. ¿No recuerda al aficionado que peleó tres rondas con usted en las habitaciones de Alison la noche de su beneficencia, hace cuatro años?».

«¡No... Mr. Sherlock Holmes!», rugió el boxeador. «¡Santo cielo! ¿Cómo he podido confundirle? Si en vez de quedarse ahí tan tranquilo hubiera dado un paso al frente y me hubiera dado ese golpe cruzado suyo bajo la mandíbula, le habría reconocido sin dudarlo. ¡Ah, usted ha desperdiciado sus dones, así es! Podría haber apuntado alto, si se hubiera unido a nosotros».

«Ya ve, Watson, si todo lo demás me falla aún tengo abierta una de las profesiones científicas», dijo Holmes, riendo. «Nuestro amigo no nos dejará ahora al margen, estoy seguro».

«Adentro, señor, adentro... usted y sus amigos», respondió. «Lo siento mucho, Mr. Thaddeus, pero las órdenes son muy estrictas. Tenía que estar seguro de sus amigos antes de dejarles entrar».

En el interior, un camino de grava serpenteaba a través de unos terrenos desolados hasta llegar a una enorme casa maciza, cuadrada y prosaica, sumido en su totalidad en la sombra salvo donde un rayo de luna golpeaba una esquina y brillaba en una ventana de la buhardilla. El enorme tamaño del edificio, con su penumbra y su silencio sepulcral, producía un escalofrío en el corazón. Incluso Thaddeus Sholto parecía sentirse incómodo y la linterna temblaba y traqueteaba en su mano.

«No puedo entenderlo», dijo. «Debe haber algún malentendido. Le dije claramente a Bartholomew que estaríamos aquí y, sin embargo, no hay luz en su ventana. No sé qué pensar de ello».

«¿Siempre vigila la propiedad de esta manera?», preguntó Holmes.

«Sí; ha seguido la costumbre de mi padre. Era el hijo favorito, ¿sabe?, y a veces pienso que mi padre puede haberle contado más de lo que nunca me contó a mí. Esa es la ventana de Bartholomew, allá arriba, donde da la luz de la luna. Es bastante luminosa, pero no hay luz desde dentro, creo».

«Ninguna», dijo Holmes. «Pero veo el destello de una luz en esa ventanita junto a la puerta».

«Ah, esa es la habitación del ama de llaves. Ahí es donde se sienta la vieja Mrs. Bernstone. Ella puede contárnoslo todo. Pero quizás no les importaría esperar aquí un minuto o dos, porque si entramos todos juntos y ella no tiene noticia de nuestra llegada puede alarmarse. Pero ¡calla! ¿qué es eso?».

Levantó el farol y su mano tembló hasta que los círculos de luz parpadearon y vacilaron a nuestro alrededor. Miss Morstan me agarró de la muñeca y todos permanecimos de pie con el corazón palpitante, aguzando el oído. Desde la gran casa negra sonaba a través de la silenciosa noche el más triste y lastimero de los sonidos... el quejido agudo y entrecortado de una mujer asustada.

«Es Mrs. Bernstone», dijo Sholto. «Es la única mujer de la casa. Esperen aquí. Volveré en un momento». Se dio prisa y fue hacia la puerta y llamó a su peculiar manera. Pudimos ver cómo una anciana alta le admitía y se balanceaba de placer con sólo verle.

«¡Oh, Mr. Thaddeus, señor, me alegro tanto de que haya venido! ¡Me alegro tanto de que haya venido, Mr. Thaddeus, señor!». Oímos sus reiterados regocijos hasta que se cerró la puerta y su voz se apagó en una apagada voz monótona.

Nuestro guía nos había dejado la linterna. Holmes la hizo girar lentamente y observó con atención la casa y los grandes montones de basura que abarrotaban los terrenos. Miss Morstan y yo estábamos juntos, y su mano estaba en la mía. El amor es algo maravillosamente sutil, porque aquí estábamos, dos personas que nunca nos habíamos visto antes de aquel día, entre las que nunca había habido una palabra ni siquiera una mirada de afecto, y sin embargo ahora, en un momento problemático, nuestras manos se buscaban instintivamente. Me he maravillado de ello desde entonces, pero en aquel momento me pareció lo más natural que yo acudiera así a ella y, como ella me ha contado a menudo, también había en ella el instinto de acudir a mí en busca de consuelo y protección. Así que permanecimos cogidos de la mano, como dos niños, y había paz en nuestros corazones a pesar de todas las cosas oscuras que nos rodeaban.

«¡Qué lugar tan extraño!», dijo ella, mirando a su alrededor.

«Parece como si todos los topos de Inglaterra se hubieran soltado aquí. He visto algo parecido en la ladera de una colina cerca de Ballarat, donde los prospectores habían estado trabajando».

«Y por la misma causa», dijo Holmes. «Éstas son las huellas de los buscadores del tesoro. Debe recordar que estuvieron seis años buscándolo. No es de extrañar que el terreno parezca una gravera».

En ese momento la puerta de la casa se abrió de golpe y Thaddeus Sholto salió corriendo, con las manos echadas hacia delante y el terror en los ojos.

«¡Algo le pasa a Bartholomew!», gritó. «¡Estoy asustado! Mis nervios no lo soportan». Estaba, en efecto, lloriqueando a medias, de miedo, y su rostro crispado y débil que asomaba por el gran collar de astracán tenía la expresión impotente y atrayente de un niño aterrorizado.

«Entre en la casa», dijo Holmes, a su manera crujiente y firme.

«¡Sí, venga!», suplicó Thaddeus Sholto. «Realmente no me siento capacitado para dar indicaciones».

Todos le seguimos hasta la habitación del ama de llaves, que estaba a la izquierda del pasillo. La anciana paseaba arriba y abajo con mirada asustada e inquietos dedos, pero la visión de Miss Morstan pareció tener un efecto tranquilizador sobre ella.

«¡Dios bendiga su dulce y tranquilo rostro!», gritó, con un sollozo histérico. «Me hace bien verla. Oh, ¡pero he sido dolorosamente probada este día!».

Nuestra compañera le dio unas palmaditas en su mano delgada y desgastada por el trabajo y murmuró unas palabras de amable consuelo femenino que devolvieron el color a las mejillas exangües de la otra.

«El amo se ha encerrado y no me contesta», me explicó ella. «Todo el día he esperado noticias suyas, pues a menudo le gusta estar solo; pero hace una hora temí que algo anduviera mal, así que subí y espié por el ojo de la cerradura. Debe subir, Mr. Thaddeus... debe subir y mirar usted mismo. He visto a Mr. Bartholomew Sholto en la alegría y en la tristeza durante diez largos años, pero nunca lo vi con una cara como ésa».

Sherlock Holmes cogió la lámpara y abrió el camino, pues a Thaddeus Sholto le castañeteaban los dientes en la cabeza. Tan agitado estaba que tuve que pasarle la mano por debajo del brazo mientras subíamos las escaleras, pues le temblaban las rodillas. Dos veces mientras ascendíamos Holmes sacó su lente del bolsillo y examinó cuidadosamente unas marcas que a mí me parecieron meras manchas informes de polvo sobre la estera color cacao que servía de alfombra a la escalera. Caminaba lentamente de peldaño en peldaño, sosteniendo la lámpara y lanzando agudas miradas a derecha e izquierda. Miss Morstan se había quedado atrás con la asustada ama de llaves.

El tercer tramo de escaleras desembocaba en un pasillo recto de cierta longitud, con un gran cuadro en tapiz indio a la derecha del mismo y tres puertas a la izquierda. Holmes avanzó por él de la misma forma lenta y metódica, mientras nosotros nos manteníamos pegados a sus talones, con nuestras largas sombras negras retrocediendo por el pasillo. La tercera puerta era la que buscábamos. Holmes llamó sin recibir respuesta y luego intentó girar el picaporte y hacer fuerza para abrirla. Sin embargo, estaba cerrada por dentro y, por un cerrojo ancho y potente, como pudimos comprobar al apoyar nuestra lámpara contra él. Al girar la llave, sin embargo, el agujero no se cerró del todo. Sherlock Holmes se inclinó hacia él, y al instante volvió a levantarse con una aguda inspiración.

«Hay algo diabólico en esto, Watson», dijo, más conmovido de lo que le había visto nunca. «¿Qué opina de ello?».

Me agaché hacia el agujero y retrocedí horrorizado. La luz de la luna entraba a raudales en la habitación y brillaba con un resplandor vago y trémulo. Mirándome directamente y suspendido, por así decirlo, en el aire, pues todo lo que había debajo estaba en la sombra, colgaba un rostro, el mismo rostro de nuestro compañero Thaddeus. Tenía la misma cabeza alta y brillante, el mismo mechón circular de pelo rojo, el mismo semblante exangüe. Sin embargo, los rasgos se engarzaban en una horrible sonrisa, una mueca fija y antinatural, que en aquella habitación quieta e iluminada por la luna sacudía más los nervios que cualquier ceño fruncido o contorsión. Tan parecido era aquel rostro al de nuestro pequeño amigo que miré a su alrededor para cerciorarme de que efectivamente estaba con nosotros. Entonces recordé que nos había mencionado que su hermano y él eran gemelos.

«¡Esto es terrible!», le dije a Holmes. «¿Qué hay que hacer?».

«La puerta debe ser tirada abajo», respondió, y, saltando contra ella, puso todo su peso sobre la cerradura. Esta crujió y gimió, pero no cedió. Juntos nos lanzamos sobre ella una vez más, y esta vez cedió con un repentino chasquido y nos encontramos dentro de la cámara de Bartholomew Sholto.

Parecía haber sido acondicionada como laboratorio químico. En la pared opuesta a la puerta había una doble hilera de botellas con tapón de cristal y la mesa estaba repleta de mecheros Bunsen, tubos de ensayo y retortas. En las esquinas había garrafas de ácido en cestas de mimbre. Una de ellas parecía tener una fuga o haberse roto, pues un chorro de líquido de color oscuro se había escurrido de ella, y el aire estaba cargado de un olor peculiarmente acre y parecido al alquitrán. A un lado de la habitación, en medio de un amasijo de listones y yeso, había unos escalones y sobre ellos una abertura en el techo lo bastante grande como para que pasara un hombre. Al pie de los escalones había un largo rollo de cuerda tirado descuidadamente.

Junto a la mesa, en un sillón de madera, estaba sentado el señor de la casa, todo retraído, con la cabeza hundida sobre el hombro izquierdo y aquella sonrisa espantosa e inescrutable en el rostro. Estaba rígido y frío y era evidente que llevaba muerto muchas horas. Me pareció que no sólo sus facciones sino todos sus miembros estaban retorcidos y girados de la manera más fantástica. Junto a su mano, sobre la mesa, yacía un instrumento peculiar: un bastón marrón de grano apretado, con una cabeza de piedra como un martillo, rudamente atado con un cordel grueso. Junto a él había una hoja de papel de carta rasgada con algunas palabras garabateadas. Holmes le echó un vistazo y luego me la entregó.

«Verá», dijo, con una significativa elevación de las cejas.

A la luz de la linterna leí, con un estremecimiento de horror: «El signo de los cuatro».

«En nombre de Dios, ¿qué significa todo esto?», pregunté.

«Significa asesinato», dijo él, inclinándose sobre el muerto. «Ah, me lo esperaba. Mire aquí». Señaló lo que parecía una espina larga y oscura clavada en la piel justo encima de la oreja.

«Parece una espina», dije.

«Es una espina. Puede cogerla. Pero tenga cuidado, porque está envenenada».

La cogí entre el dedo y el pulgar. Se desprendió de la piel con tanta facilidad que apenas quedó marca. Una pequeña mancha de sangre mostraba dónde había sido el pinchazo.

«Todo esto es un misterio insoluble para mí», dije. «Se oscurece en lugar de aclararse».

«Al contrario», respondió él, «se aclara a cada instante. Sólo necesito encontrar unos pocos eslabones perdidos para tener un caso totalmente conectado».

Casi habíamos olvidado la presencia de nuestro compañero desde que entramos en la habitación. Seguía de pie en la puerta, la viva imagen del terror, retorciéndose las manos y gimiendo para sus adentros. De repente, sin embargo, prorrumpió en un grito agudo y quejumbroso.

«¡El tesoro ha desaparecido!», dijo. «¡Le han robado el tesoro! Ahí está el agujero por el que lo bajamos. ¡Yo le ayudé a hacerlo! ¡Fui la última persona que lo vio! Le dejé aquí anoche y le oí cerrar la puerta cuando bajaba las escaleras».

«¿Qué hora era?».

«Eran las diez. Y ahora está muerto, y llamarán a la policía, y yo seré sospechoso de haber tenido algo que ver. Oh, sí, estoy seguro de que así será. ¿Pero no lo creen, caballeros? ¿Seguro que no creen que haya sido yo? ¿Es probable que les hubiera traído aquí si hubiera sido yo? ¡Oh, Dios mío! ¡Oh, Dios mío! Sé que me volveré loco». Sacudió los brazos y zapateó en una especie de frenesí convulsivo.

«No tiene motivos para temer, Mr. Sholto», dijo Holmes, amablemente, poniéndole la mano en el hombro. «Siga mi consejo y vaya hasta la estación para informar de este asunto a la policía. Ofrézcase a ayudarles en todo. Esperaremos aquí hasta su regreso».

El hombrecillo obedeció medio estupefacto y le oímos bajar las escaleras a trompicones en la oscuridad.

«Ahora, Watson», dijo Holmes frotándose las manos, «tenemos media hora para nosotros. Hagamos buen uso de ella. Mi caso está, como le he dicho, casi completo; pero no debemos pecar de exceso de confianza. Por simple que parezca el caso ahora, puede haber algo más profundo subyacente».

«¡Simple!», exclamé.

«Con seguridad», dijo él, con algo del aire de un profesor clínico exponiendo a su clase. «Siéntese ahí en el rincón, para que sus pisadas no compliquen las cosas. Ahora, ¡a trabajar! En primer lugar, ¿cómo ha venido esta gente y cómo se ha ido? La puerta no ha sido abierta desde anoche. ¿Y la ventana?». Llevó la lámpara hasta ella, murmurando sus observaciones en voz alta mientras tanto pero dirigiéndoselas a sí mismo más que a mí. «La ventana está trabada por el lado interior. El marco es sólido. No tiene bisagras laterales. Abrámosla. No hay tubería de agua cerca. El tejado está fuera de nuestro alcance. Sin embargo, un hombre ha montado junto a la ventana. Anoche llovió un poco. Aquí está la huella de un pie enmohecido sobre el alféizar. Y aquí hay una marca circular de barro, y aquí otra vez en el suelo, y aquí otra vez junto a la mesa. ¡Mire aquí, Watson! Esta es realmente una demostración muy buena».

Miré los discos de barro redondos y bien definidos. «Esto no es una marca de pisada», dije.

«Es algo mucho más valioso para nosotros. Es la huella de un tocón de madera. Vea aquí en el umbral está la marca de la bota, una bota pesada con el tacón ancho de metal y al lado está la marca del dedo de madera».

«Es el hombre de la pata de palo».

«Así es. Pero ha habido alguien más, un aliado muy capaz y eficiente. ¿Podría escalar ese muro, doctor?».

Miré por la ventana abierta. La luna aún brillaba en aquel ángulo de la casa. Estábamos a unos sesenta pies del suelo y, mirara donde mirara, no podía ver ningún punto de apoyo, ni siquiera una grieta en los ladrillos.

«Es absolutamente imposible», le contesté.

«Así es... sin ayuda. Pero suponga que tuviera un amigo aquí arriba que le bajara esta buena cuerda robusta que veo en la esquina, asegurando un extremo a este gran gancho de la pared. Entonces, creo, si fuera un hombre activo, podría subir, con pata de palo y todo. Usted se marcharía, por supuesto, de la misma manera, y su aliado recogería la cuerda, la desataría del gancho, cerraría la ventana, la mordisquearía por dentro y se marcharía por donde vino originalmente. Como punto menor cabe señalar», continuó él, tocando la cuerda, «que nuestro amigo con pata de palo, aunque era un buen escalador, no era un marinero profesional. Sus manos estaban lejos de ser callosas. Mi lente revela más de una marca de sangre, especialmente hacia el final de la cuerda, de lo que deduzco que se deslizó hacia abajo con tal velocidad que se arrancó la piel de la mano».

«Todo esto está muy bien», dije, «pero la cosa se vuelve más ininteligible que nunca. ¿Qué hay de este misterioso aliado? ¿Cómo entró en la habitación?».

«¡Sí, el aliado!», repitió Holmes, pensativo. «Hay rasgos de interés en este aliado. Eleva el caso por sobre las regiones de lo común. Me parece que este aliado abre nuevos caminos en los anales del crimen en este país, aunque se sugieren casos paralelos en la India y, si no me falla la memoria, de Senegambia».

«¿Cómo entró, entonces?», reiteré. «La puerta está cerrada, la ventana es inaccesible. ¿Fue por la chimenea?».

«La rejilla es demasiado pequeña», respondió. «Ya había considerado esa posibilidad».

«¿Cómo entonces?» insistí.

«Usted no aplicará mi precepto», dijo, sacudiendo la cabeza. «¿Cuántas veces le he dicho que cuando se ha eliminado lo imposible lo que queda, *por improbable que sea*, debe ser la verdad? Sabemos que no entró por la puerta, la ventana o la chimenea. También sabemos que no pudo ocultarse en la habitación, ya que no hay escondrijo posible. ¿Por dónde, entonces, entró?».

«Entró por el agujero en el techo», grité.

«Por supuesto que lo hizo. Tiene que haberlo hecho. Si tiene la amabilidad de sostenerme la lámpara, ahora ampliaremos nuestras investigaciones a la habitación de arriba, la habitación secreta en la que se encontró el tesoro».

Subió los escalones y, agarrando una viga con ambas manos, se balanceó hasta la buhardilla. Luego, tumbado boca abajo, tomó la lámpara y la sostuvo mientras yo le seguía.

La cámara en la que nos encontrábamos medía unos diez pies en un sentido y seis en el otro. El suelo estaba formado por las vigas, con finos listones y yeso entre ellas, de modo que al caminar había que pasar de viga en viga. El tejado llegaba hasta un vértice y era evidentemente la cáscara interior del verdadero tejado de la casa. No había muebles de ningún tipo y el polvo acumulado por años yacía espeso sobre el suelo.

«Aquí está, ya ve», dijo Sherlock Holmes, apoyando la mano contra la pared inclinada. «Ésta es una trampilla que da al tejado. Puedo presionarla hacia atrás, y aquí está el propio tejado, inclinado en un suave ángulo. Ésta es, pues, la vía por la que entró el Número Uno. Veamos si podemos encontrar algún otro rastro de su individualidad».

Bajó la lámpara hasta el suelo y, al hacerlo, vi por segunda vez aquella noche que una expresión de asombro y sorpresa se dibujaba en su rostro. En cuanto a mí, mientras seguía su mirada se me heló la piel bajo la ropa. El suelo estaba cubierto densamente con las huellas de un pie desnudo, claras, bien definidas, perfectamente formadas, pero apenas de la mitad del tamaño de las de un hombre corriente.

«Holmes», dije, en un susurro, «un niño ha hecho algo horrible».

Él había recuperado la compostura en un instante. «Me tambaleé por un momento», dijo, «pero la cosa es muy natural. Me falló la memoria, o habría sido capaz de preverlo. No hay nada más por aprender aquí. Bajemos».

«¿Cuál es su teoría, entonces, en cuanto a esas huellas?», pregunté, ansioso, cuando habíamos vuelto a la habitación inferior.

«Mi querido Watson, intente usted mismo un pequeño análisis», dijo él, con un toque de impaciencia. «Ya conoce mis métodos. Aplíquelos y será instructivo comparar los resultados».

«No puedo concebir nada que cubra los hechos», respondí.

«Pronto lo tendrá bastante claro», dijo, con aire despreocupado. «Creo que aquí no hay nada más importante, pero miraré». Sacó sus lentes y una cinta métrica y se apresuró a recorrer la habitación de rodillas, midiendo, comparando, examinando, con su larga y delgada nariz a sólo unas pulgadas de las tablas, y sus ojos brillantes y hundidos como los de un pájaro. Tan rápidos, silenciosos y furtivos eran sus movimientos, como los de un sabueso entrenado en la búsqueda de un rastro, que no pude dejar de pensar en el terrible criminal que habría sido si hubiera vuelto su energía y sagacidad contra la ley, en lugar de ejercerlas en su defensa. Mientras cazaba de un lado a otro no dejaba de murmurar para sí mismo y, finalmente, prorrumpió en un sonoro cacareo de placer.

«Sin duda estamos de suerte», dijo. «Ahora deberíamos tener muy pocos problemas. Número Uno ha tenido la desgracia de pisar en la creosota. Puede ver el contorno del borde de su pequeño pie aquí al lado de este desastre maloliente. La garrafa se ha agrietado, como ve, y la cosa se ha filtrado».

«¿Y entonces?», pregunté.

«Pues ya lo tenemos, eso es todo», dijo. «Conozco a un perro que seguiría ese olor hasta el fin del mundo. Si una jauría puede rastrear un arenque a través de una comarca, ¿hasta dónde puede un sabueso especialmente adiestrado seguir un olor tan penetrante como éste? Parece simple como una suma en la regla de tres. La respuesta debería darnos la... ¡Pero, vaya! aquí están los representantes acreditados de la ley».

Desde abajo se oyeron pasos pesados y el clamor de grandes voces y la puerta del vestíbulo se cerró con un fuerte estruendo.

«Antes de que vengan», dijo Holmes, «ponga su mano aquí en el brazo de este pobre hombre, y aquí en su pierna. ¿Qué siente?».

«Los músculos están duros como una tabla», le contesté.

«Exactamente. Están en un estado de contracción extrema, muy superior al *rigor mortis* habitual. Unido a esta distorsión del rostro, esta sonrisa hipocrática, o *"risus sardonicus"*, como la llamaban los antiguos escritores, ¿qué conclusión le viene a la mente?».

«Muerte por algún poderoso alcaloide vegetal», respondí, «alguna sustancia parecida a la estricnina que produjera el tétanos».

«Esa fue la idea que se me ocurrió en el instante en que vi los músculos contraídos de la cara. Al entrar en la habitación busqué inmediatamente el medio por el que el veneno había entrado en el organismo. Como usted vio, descubrí una espina que había sido clavada o disparada con no mucha fuerza en el cuero cabelludo. Observará que la parte golpeada era la que estaría vuelta hacia el agujero del techo si el hombre estuviera erguido en su silla. Ahora examine la espina».

La cogí con cautela y la sostuve a la luz de la linterna. Era larga, afilada y negra, con un aspecto vidrioso cerca de la punta, como si alguna sustancia gomosa se hubiera secado sobre ella. El extremo romo había sido recortado y redondeado con un cuchillo.

«¿Es una espina inglesa?», preguntó.

«No, desde luego que no».

«Con todos estos datos debería ser capaz de extraer alguna inferencia justa. Pero aquí están los regulares; así que las fuerzas auxiliares pueden batirse en retirada».

Mientras hablaba, los pasos que se acercaban sonaron con fuerza en el pasillo y un hombre robusto y corpulento, vestido con un traje gris, entró pesadamente en la habitación. Tenía la cara roja, era fornido y pletórico, con un par de ojos muy pequeños y centelleantes que miraban agudamente desde unas bolsas hinchadas y redondeadas. Le seguían de cerca un inspector de uniforme y el aún palpitante Thaddeus Sholto.

«¡Aquí hay algo!», gritó, con voz apagada y ronca. «¡Aquí sí que hay algo! Pero, ¿quiénes son todos estos? Vaya, ¡la casa parece estar tan llena como una conejera!».

«Creo que debe acordarse de mí, Mr. Athelney Jones», dijo Holmes, en voz baja.

«¡Claro que sí!», resolló él. «Mr. Sherlock Holmes, el teórico. ¡Me acuerdo de usted! Nunca olvidaré cómo nos sermoneó a todos sobre causas e inferencias y efectos en el caso de la joya de Bishopgate. Es cierto que nos puso sobre la pista correcta; pero ahora reconocerá que fue más por buena suerte que por buena orientación».

«Fue un razonamiento muy simple».

«¡Oh, vamos, ahora, vamos! No se avergüence de confesar. Pero, ¿qué es todo esto? ¡Algo malo! ¡Algo malo! Hay graves hechos aquí... no hay lugar para teorías. ¡Qué suerte que estaba en Norwood por otro caso! Estaba en la estación cuando llegó el mensaje. ¿De qué cree que murió el hombre?».

«Oh, este no es un caso para que yo teorice sobre él», dijo Holmes, secamente.

«No, no. Aun así, no podemos negar que a veces da en el clavo. ¡Dios mío! Puerta cerrada, entiendo. Faltan joyas por valor de medio millón. ¿Cómo estaba la ventana?».

«Cerrada; pero hay pisadas en el alféizer».

«Bueno, bueno, si estaba cerrada las pisadas no pueden tener nada que ver con el asunto. Es de sentido común. El hombre podría haber muerto en un ataque; pero entonces faltan las joyas. ¡Ja! Tengo una teoría. Estos flashes me vienen a veces... Sólo salga, sargento, y usted, Mr. Sholto. Su amigo puede quedarse... ¿Qué opina de esto, Holmes? Sholto estuvo, según confesión propia, con su hermano anoche. El hermano murió en un ataque, en el que Sholto se marchó con el tesoro. ¿Qué le parece?».

«Y entonces el muerto, muy considerado, se levantó y cerró la puerta por dentro».

«¡Hum! Ahí hay un fallo. Apliquemos el sentido común al asunto. Este tal Thaddeus Sholto *estaba* con su hermano; *hubo* una pelea; eso es lo que sabemos. El hermano ha muerto y las joyas han desaparecido. Eso también lo sabemos. Nadie vio al hermano desde el momento en que Thaddeus lo dejó. No se había acostado en su cama. Thaddeus está evidentemente en un estado mental muy perturbado. Su aspecto es... bueno, no es atractivo. Ya ve que estoy tejiendo mi red alrededor de Thaddeus. La red empieza a cerrarse sobre él».

«Todavía no está usted en posesión de todos los hechos», dijo Holmes. «Esta astilla de madera, que tengo todas las razones para creer que está envenenada, estaba en el cuero cabelludo del hombre donde aún se ve la marca; esta tarjeta, inscrita como usted la ve, estaba sobre la mesa; y junto a ella yacía este instrumento con cabeza de piedra bastante curioso. ¿Cómo encaja todo eso en su teoría?».

«La confirma en todos los aspectos», dijo el detective gordo, pomposamente. «La casa está llena de curiosidades indias. Thaddeus trajo esto, y si esta astilla es venenosa Thaddeus puede tan bien haber hecho un uso asesino de ella como cualquier otro hombre. La carta es un abracadabra... un subterfugio, puede ser. La única pregunta es, ¿cómo partió? Ah, por supuesto, aquí hay un agujero en el techo». Con gran esfuerzo, teniendo en cuenta su corpulencia, subió de un salto los escalones y se coló en la buhardilla, e inmediatamente después oímos su voz exultante proclamando que había encontrado la trampilla.

«Puede encontrar algo», comentó Holmes, encogiéndose de hombros. «Tiene ocasionales destellos de razón. *Il n'y a pas des sots si incommodes que ceux qui ont de l'esprit !*».

«¡Ya ve!», dijo Athelney Jones, reapareciendo de nuevo por los escalones. «Los hechos son mejores que las meras teorías, después de todo. Mi visión del caso se confirma. Hay una trampilla que comunica con el tejado y está parcialmente abierta».

«Yo fui quien la abrió».

«¡Ah, sí! ¿Se dio cuenta, entonces?». Parecía un poco cabizbajo ante el descubrimiento. «Bueno, quien lo haya notado, demuestra cómo se escapó nuestro caballero. ¡Inspector!».

«Sí, señor», dijeron desde el pasillo.

«Pídale a Mr. Sholto que venga por aquí... Mr. Sholto, es mi deber informarle de que cualquier cosa que diga será utilizada en su contra. Le arresto en nombre de la Reina como implicado en la muerte de su hermano».

«¡Ya está! ¿No se los dije?», gritó el pobre hombrecillo, extendiendo las manos y mirando de uno a otro de nosotros.

«No se preocupe por ello, Mr. Sholto», dijo Holmes. «Creo que puedo comprometerme a librarle de la acusación».

«¡No prometa demasiado, Mr. Teórico, no prometa demasiado!», espetó el detective. «Puede que le resulte un asunto más difícil de lo que cree».

«No sólo le libraré, Mr. Jones, sino que le regalaré el nombre y la descripción de una de las dos personas que estuvieron anoche en esta habitación. Su nombre, tengo todas las razones para creerlo, es Jonathan Small. Es un hombre poco instruido, pequeño, activo, con la pierna derecha amputada y que lleva un muñón de madera desgastado por la parte interior. Su bota izquierda tiene una suela tosca, de punta cuadrada, con una banda de hierro alrededor del talón. Es un hombre de mediana edad, muy quemado por el sol, y ha sido un convicto. Estos pocos indicios pueden servirle de ayuda, unidos al hecho de que le falta bastante piel en la palma de la mano. El otro hombre...».

«¡Ah! el otro hombre...», preguntó Athelney Jones, con voz burlona, pero impresionado no obstante, como pude comprobar fácilmente, por la precisión de los modales del otro.

«Es una persona bastante curiosa», dijo Sherlock Holmes, girando sobre sus talones. «Espero poder presentárselos antes de que pase mucho tiempo... Quiero decirle algo, Watson».

Me condujo a la cabecera de la escalera. «Este suceso inesperado», dijo, «nos ha hecho perder bastante de vista el propósito original de nuestro viaje».

«Acabo de pensarlo», respondí. «No está bien que Miss Morstan permanezca en esta casa asolada».

«No. Debe acompañarla a casa. Vive con Mrs. Cecil Forrester, en Lower Camberwell, así que no está muy lejos. Le esperaré aquí si quiere volver a salir. ¿O quizás esté demasiado cansado?».

«De ninguna manera. No creo que pueda descansar hasta saber más de este fantástico asunto. He visto algo del lado duro de la vida pero le doy mi palabra de que esta rápida sucesión de extrañas sorpresas en esta noche me ha sacudido los nervios por completo. Me gustaría, sin embargo, ver el asunto con usted, ahora que he llegado tan lejos».

«Su presencia me será de gran utilidad», respondió. «Resolveremos el caso de forma independiente y dejaremos que ese tal Jones se regocije con cualquier falso descubrimiento que decida construir. Cuando haya dejado a Miss Morstan, deseo que se dirija al número 3 de Pinchin Lane, cerca de la orilla del agua en Lambeth. La tercera casa a mano derecha es de un pajarero... Sherman es el nombre. Verá una comadreja sosteniendo un conejo joven en la ventana. Llame al viejo Sherman y dígale, con mis saludos, que quiero a Toby de inmediato. Traerá a Toby en el taxi con usted».

«Un perro, supongo».

«Sí... un mestizo raro, con un poder olfativo de lo más asombroso. Preferiría contar con la ayuda de Toby que con la de todo el cuerpo de detectives de Londres».

«Lo traeré, entonces», dije. «Ya es la una. Debería estar de vuelta antes de las tres, si puedo conseguir un caballo fresco».

«Y yo», dijo Holmes, «veré lo que puedo aprender de Mrs. Bernstone y del criado indio que, según me ha dicho Mr. Thaddeus, duerme en la buhardilla de al lado. Luego estudiaré los métodos del gran Jones y escucharé sus no demasiado delicados sarcasmos. *"Wir sind gewohnt das die Menschen verhöhnen was sie nicht verstehen"*. Goethe siempre es conciso y expresivo».

La policía había traído un taxi y en él acompañé a Miss Morstan de vuelta a su casa. Siguiendo el modo angelical de las mujeres, ella había soportado los problemas con semblante tranquilo siempre que había alguien más débil que ella a quien apoyar, y yo la había encontrado radiante y plácida al lado de la asustada ama de llaves. En el taxi, sin embargo, primero se desmayó y luego estalló en una pasión de llanto, tan duramente había sido probada por las aventuras de la noche. Me ha contado desde entonces que me creyó frío y distante durante aquel viaje. Poco adivinó la lucha que había dentro de mi pecho o el esfuerzo de autocontrol que me contuvo. Mi simpatía y mi amor se dirigieron hacia ella, igual que lo había hecho mi mano en el jardín. Sentí que años de convencionalismos de la vida no podrían enseñarme a conocer su naturaleza dulce y valiente como lo había hecho este único día de extrañas experiencias. Sin embargo, hubo dos pensamientos que sellaron las palabras de afecto en mis labios. Estaba débil e indefensa, sacudida en la mente y en sus nervios. Era tomarla en desventaja imponerle el amor en un momento así. Peor aún, era rica. Si las investigaciones de Holmes tenían éxito, sería una heredera. ¿Era justo, era honorable, que un cirujano a media paga se aprovechara así de una intimidad que el azar había propiciado? ¿No podría ella considerarme un simple y vulgar buscador de fortuna? No podía arriesgarme a que tal pensamiento se cruzara por su mente. Este tesoro de Agra se interponía como una barrera infranqueable entre nosotros.

Eran casi las dos cuando llegamos a casa de Mrs. Cecil Forrester. Los criados se habían retirado hacía horas, pero Mrs. Forrester se había interesado tanto por el extraño mensaje que había recibido Miss Morstan que se había quedado sentada con la esperanza de que regresara. Abrió la puerta ella misma, una mujer de mediana edad y agraciada, y me dio alegría ver con qué ternura su brazo rodeaba la cintura de la otra y qué maternal era la voz con que la saludaba. Estaba claro que no era una mera dependiente a sueldo, sino una amiga de honor. Me presentaron y Mrs. Forrester me rogó encarecidamente que entrara y le contara nuestras aventuras. Le expliqué, sin embargo, la importancia de mi recado, y prometí visitarla fielmente para informarle de cualquier progreso que pudiéramos hacer con el caso. Mientras nos alejábamos eché una mirada atrás y todavía me parece ver aquel grupito en el escalón, las dos gráciles y aferradas figuras, la puerta entreabierta, la luz del vestíbulo brillando a través de los cristales, el barómetro y las brillantes barras de la escalera. Era reconfortante vislumbrar siquiera de pasada un tranquilo hogar inglés en medio del salvaje y oscuro asunto que nos había absorbido.

Y cuanto más pensaba en lo que había ocurrido, más salvaje y oscuro se volvía. Repasé toda la extraordinaria secuencia de acontecimientos mientras avanzaba por las silenciosas calles iluminadas por el gas. Estaba el problema original... eso al menos estaba bastante claro ahora. La muerte del Capitán Morstan, el envío de las perlas, el anuncio, la carta... todos esos acontecimientos estaban más claros. Sin embargo, sólo nos habían conducido a un misterio más profundo y mucho más trágico. El tesoro indio, el curioso plano hallado entre el equipaje de Morstan, la extraña escena de la muerte del Mayor Sholto, el redescubrimiento del tesoro seguido inmediatamente del asesinato del descubridor, los singularísimos hechos alrededor del crimen, las pisadas, las notables armas, las palabras de la carta que se correspondían con las de la carta del Capitán Morstan, he aquí, en verdad, un laberinto en el que un hombre menos singularmente dotado que mi compañero de piso bien podría desesperar de hallar jamás la pista.

Pinchin Lane era una hilera de destartaladas casas de ladrillo de dos plantas en el barrio bajo de Lambeth. Tuve que llamar durante algún tiempo al número 3 antes de ser escuchado. Por fin, sin embargo, se oyó el destello de una vela tras la persiana y un rostro se asomó a la ventana superior.

«Vete, vagabundo borracho», dijo la cara. «Si armas más jaleo abriré las perreras y soltaré cuarenta y tres perros sobre ti».

«Si deja salir a uno es justo lo que he venido a buscar», le dije.

«¡Vamos!», gritó la voz. «Ayúdame gracioso, tengo una víbora en la bolsa, y te la tiraré por la cabeza si no lo agarras bien».

«Pero yo quiero un perro», grité.

«¡No discutas conmigo!», gritó Mr. Sherman. «Ahora apártate, porque cuando diga "tres", baja la víbora».

«Mr. Sherlock Holmes...», empecé a decir, pero las palabras tuvieron un efecto de lo más mágico, pues la ventana se cerró de golpe al instante y en menos de un minuto la puerta estaba descorrida y abierta. Mr. Sherman era un anciano larguirucho y delgado, de hombros encorvados, cuello fibroso y gafas tintadas de azul.

«Un amigo de Mr. Sherlock siempre es bienvenido», dijo él. «Pase, señor. Manténgase alejado del tejón, porque muerde. Ah, travieso, travieso, ¿le darías un pellizco al caballero?». Esto le dijo a un armiño que asomaba su malvada cabeza y sus ojos rojos entre los barrotes de su jaula. «No se preocupe por eso, señor: es sólo un lución. No tiene colmillos, así que le dejo la habitación libre, porque mantiene a raya a los escarabajos. Espero que no le haya molestado que al principio haya sido un poco corto de genio con usted, porque los niños se burlan de mí, y hay muchos que bajan por este sendero para golpearme. ¿Qué era lo que quería Mr. Sherlock Holmes, señor?».

«Quería un perro suyo».

«¡Ah! Ese debe ser Toby».

«Sí, Toby era el nombre».

«Toby vive en el n° 7, aquí a la izquierda». Avanzó lentamente con su vela entre la extraña familia animal que había reunido a su alrededor. En la luz incierta y sombría pude ver tenuemente que había ojos brillantes y centelleantes que nos miraban desde todos los rincones y grietas. Incluso las vigas por encima de nuestras cabezas estaban bordeadas por solemnes aves de corral, que perezosamente cambiaban su peso de una pata a otra cuando nuestras voces perturbaban su sueño.

Toby resultó ser una criatura fea, de pelo largo y orejas caídas, mitad spaniel y mitad perro de caza, de color marrón y blanco, con un andar de pato muy torpe. Aceptó tras algunas vacilaciones un terrón de azúcar que me entregó el viejo naturalista y, habiendo sellado así una alianza, me siguió hasta el taxi y no puso ninguna dificultad en acompañarme. Acababan de dar las tres en el reloj del Palacio cuando me encontré de nuevo en Pondicherry Lodge. Descubrí que el ex-pugilista McMurdo había sido arrestado como cómplice y tanto él como Mr. Sholto habían sido conducidos a la comisaría. Dos alguaciles custodiaban la estrecha puerta pero me permitieron pasar con el perro cuando mencioné el nombre del detective.

Holmes estaba de pie en el umbral de la puerta, con las manos en los bolsillos, fumando su pipa.

«¡Ah, ahí está!», dijo él. «¡Buen perro, entonces! Atheney Jones se ha ido. Hemos tenido un inmenso despliegue de energía desde que se fue. No sólo ha arrestado al amigo Thaddeus, sino también al portero, al ama de llaves y al criado indio. Tenemos el lugar para nosotros solos, salvo por un sargento en el piso de arriba. Deje aquí al perro y suba».

Atamos a Toby a la mesa del vestíbulo y volvimos a subir las escaleras. La habitación estaba tal como yo la había dejado, salvo que se había colocado una sábana sobre la figura central. Un sargento de policía de aspecto cansado estaba recostado en un rincón.

«Présteme su linterna, sargento», dijo mi compañero. «Ahora áteme este trozo de cartón al cuello, para colgarlo delante de mí. Gracias. Ahora debo quitarme las botas y las medias… Bájelas usted, Watson. Voy a hacer un poco de escalada. Y mojar mi pañuelo en la creosota. Con eso alcanzará. Ahora suba a la buhardilla conmigo un momento».

Trepamos por el agujero. Holmes volvió a encender su luz sobre las pisadas en el polvo.

«Deseo que se fije especialmente en estas huellas», dijo. «¿Observa algo digno de mención en ellas?».

«Pertenecen», le dije, «a un niño o a una mujer pequeña».

«Aparte de su tamaño, sin embargo. ¿No hay nada más?».

«Parecen ser muy parecidas a otras marcas de pisadas».

«Para nada. Mire aquí. Esta es la huella de un pie derecho en el polvo. Ahora hago una con mi pie desnudo al lado. ¿Cuál es la principal diferencia?».

«Los dedos de sus pies están todos apretados. La otra huella tiene cada dedo claramente dividido».

«Así es. Esa es la cuestión. Téngalo en cuenta. Ahora, ¿tendría la amabilidad de acercarse a esa ventana abatible y oler el borde de la carpintería? Yo me quedaré aquí, ya que tengo este pañuelo en la mano».

Hice lo que me indicó y al instante fui consciente de un fuerte olor a alquitrán.

«Ahí es donde puso el pie para salir. Si *usted* puedes seguirle el rastro, creo que Toby no tendrá ninguna dificultad. Ahora baje corriendo, suelte al perro y busque a Blondin».

Cuando salí al terreno, Sherlock Holmes ya estaba en el tejado y pude verle como una enorme luciérnaga que se arrastraba muy despacio por la cresta. Le perdí de vista detrás de una pila de chimeneas, pero en seguida reapareció, y luego se desvaneció una vez más en el lado opuesto. Cuando di la vuelta lo encontré sentado en uno de los aleros de la esquina.

«¿Es usted, Watson?», gritó.

«Sí».

«Este es el lugar. ¿Qué es esa cosa negra de ahí abajo?».

«Un barril de agua».

«¿Tapado?»

«Sí».

«¿No hay señales de una escalera?».

«No».

«¡Maldito sea! Es un lugar verdaderamente peligroso. Yo debería poder bajar por donde él pudo subir. La tubería de agua se siente bastante firme. Ahí voy, de todos modos».

Se oyó un ruido de pies y la linterna empezó a bajar con paso firme por el lado de la pared. Luego, con un ligero salto, llegó al barril, y de allí a la tierra.

«Fue fácil seguirle», dijo, calzándose las medias y las botas. «Las baldosas se soltaron a lo largo de todo el camino y en su prisa se le había caído esto. Confirma mi diagnóstico, como lo expresan ustedes los médicos».

El objeto que me tendió era un pequeño bolsillo o bolsa tejida con hierbas de colores y con unas cuantas cuentas de mal gusto ensartadas alrededor. En forma y tamaño se parecía a una pitillera. En su interior había media docena de espinas de madera oscura, afiladas en un extremo y redondeadas en el otro, como la que había alcanzado a Bartholomew Sholto.

«Son cosas infernales», dijo él. «Tenga cuidado de no pincharse. Estoy encantado de tenerlas, porque lo más probable es que sean todo lo que tiene. Hay menos temor de que usted o yo encontremos una en nuestra piel dentro de poco. Preferiría enfrentarme a una bala Martini que a esto. ¿Está preparado para una caminata de seis millas, Watson?».

«Desde luego», respondí.

«¿Su pierna lo soportará?».

«Oh, sí».

«¡Aquí estás, perrito! ¡El bueno de Toby! ¡Huélelo, Toby, huélelo!». Empujó el pañuelo de creasota bajo la nariz del perro, mientras la criatura permanecía de pie con sus esponjosas patas separadas y con un ladeo de lo más cómico en la cabeza, como un entendido olfateando el *bouquet* de una famosa cosecha. Holmes arrojó entonces el pañuelo a cierta distancia, ató una robusta cuerda al cuello del mestizo y lo condujo al pie del barril de agua. La criatura prorrumpió al instante en una sucesión de aullidos agudos y temblorosos y, con el hocico en el suelo y la cola en el aire, se alejó por el sendero a un ritmo que tensó su correa y nos mantuvo a toda velocidad.

El este se había ido aclarando gradualmente y ahora podíamos ver a cierta distancia en la fría luz gris. La casa cuadrada y maciza, con sus ventanas negras y vacías y sus muros altos y desnudos, se alzaba, triste y desamparada, detrás de nosotros. Nuestro rumbo nos llevaba justo a través de los terrenos, entrando y saliendo entre las trincheras y fosos con los que estaban marcados e intersectados. Todo el lugar, con sus montones de tierra esparcidos y sus arbustos mal crecidos, tenía un aspecto asolado y de mal agüero que armonizaba con la negra tragedia que se cernía sobre él.

Al llegar al muro limítrofe, Toby corrió, gimoteando ansiosamente bajo su sombra y se detuvo finalmente en un rincón protegido por una joven haya. Donde los dos muros se unían, varios ladrillos se habían desprendido y las hendiduras que quedaban estaban desgastadas y redondeadas por la parte inferior, como si hubieran sido utilizadas con frecuencia como escalera. Holmes trepó y, tomando el perro que yo le alcanzaba, lo dejó caer al otro lado.

«Ahí está la huella de la mano de Pata de Palo», comentó, mientras yo montaba a su lado. «Se ve la ligera mancha de sangre sobre el yeso blanco. ¡Qué suerte que no hayamos tenido lluvias muy fuertes desde ayer! El olor yacerá en el camino a pesar de las veintiocho horas transcurridas».

Confieso que yo mismo tuve mis dudas cuando reflexioné sobre el gran tráfico que había pasado por la carretera de Londres en el intervalo. Sin embargo, mis temores se apaciguaron pronto. Toby no vaciló ni se desvió en ningún momento, sino que siguió adelante con su peculiar forma de andar. Evidentemente, el penetrante olor de la creosota se elevaba por encima de todos los demás olores.

«No se imagine», dijo Holmes, «que dependo para mi éxito en este caso de la mera casualidad de que uno de estos tipos haya metido el pie en el químico. Ahora dispongo de conocimientos que me permitirían seguirles la pista de muchas maneras diferentes. Este, sin embargo, es el más rápido y, puesto que la fortuna lo ha puesto en nuestras manos, sería culpable si lo descuidara. Sin embargo, ha impedido que el caso se convirtiera en el pequeño y bonito problema intelectual que en su día prometía ser. Podría haberle sacado algún mérito, de no ser por esta pista demasiado palpable».

«Hay mérito y de sobra», dije yo. «Le aseguro, Holmes, que me maravillan los medios por los que obtiene sus resultados en este caso, incluso más de lo que me maravillaron en el asesinato de Jefferson Hope. La cosa me parece más profunda e inexplicable. ¿Cómo, por ejemplo, pudo describir con tanta confianza al hombre de la pata de palo?».

«¡Oh, mi querido muchacho! Es la simplicidad misma. No deseo ser teatral. Todo es patente y evidente. Dos oficiales que están al mando de una guardia de convictos se enteran de un importante secreto sobre un tesoro enterrado. Un inglés llamado Jonathan Small les dibuja un mapa. Recordará que vimos su nombre en la carta que poseía el Capitán Morstan. Lo había firmado en su nombre y en el de sus asociados... el signo de los cuatro, como él lo llamaba de forma un tanto dramática. Ayudado por esta carta, el oficial —o uno de ellos— consigue el tesoro y lo lleva a

Inglaterra, dejando, supondremos, incumplida alguna condición bajo la cual lo recibió. Ahora bien, entonces, ¿por qué Jonathan Small no consiguió el tesoro por sí mismo? La respuesta es obvia. La carta está fechada en una época en la que Morstan se relacionaba estrechamente con los convictos. Jonathan Small no consiguió el tesoro porque él y sus asociados eran a su vez convictos y no pudieron escapar».

«Pero eso es mera especulación», dije yo.

«Es más que eso. Es la única hipótesis que cubre los hechos. Veamos cómo encaja con la secuela. El Mayor Sholto permanece en paz durante algunos años, feliz en la posesión de su tesoro. Entonces recibe una carta de la India que le da un gran susto. ¿De qué se trata?».

«Una carta para decir que los hombres a los que había agraviado habían sido liberados».

«O se habían escapado. Eso es mucho más probable, pues él habría sabido cuál era su pena de prisión. No habría sido una sorpresa para él. ¿Qué hace entonces? Se pone en guardia contra un hombre con pata de palo, un hombre blanco, fíjese, porque confunde a un comerciante blanco con él, y de hecho le dispara con una pistola. Ahora bien, en la carta sólo figura el nombre de un hombre blanco. Los demás son hindúes o mahometanos. No hay ningún otro hombre blanco. Por lo tanto, podemos afirmar con seguridad que el hombre con la pierna de madera es idéntico a Jonathan Small. ¿Le parece que el razonamiento es defectuoso?».

«No... es claro y conciso».

«Bien, ahora, pongámonos en el lugar de Jonathan Small. Veámoslo desde su punto de vista. Viene a Inglaterra con la doble idea de recuperar lo que consideraría sus derechos y de vengarse del hombre que le había agraviado. Averiguó dónde vivía Sholto y muy posiblemente estableció comunicación con alguien dentro de la casa. Está ese mayordomo, Lal Rao, al que no hemos visto. Mrs. Bernstone no piensa para nada que tenga buen carácter. Sin embargo, Small no pudo averiguar dónde estaba escondido el tesoro, pues nadie lo sabía, salvo el mayor y un fiel sirviente que había muerto. De repente, Small se entera de que el mayor está en su lecho de muerte. En un frenesí para que el secreto del tesoro no muera con él, se expone a los guardias, se abre paso hasta la ventana del moribundo y sólo es disuadido de entrar por la presencia de sus dos hijos. Loco de odio, sin embargo, contra el muerto, entra esa noche en la habitación, registra sus papeles privados con la esperanza de descubrir algún memorándum relacionado con el tesoro y finalmente deja un recuerdo de su visita en la breve inscripción de la tarjeta. Sin duda había planeado de antemano que si asesinaba al mayor dejaría algún registro de este tipo sobre el cuerpo como señal de que no se trataba de un asesinato común, sino que venía desde el vínculo con los cuatro asociados... algo en la naturaleza de un acto de justicia. Caprichos y extravagancias de este tipo son bastante comunes en los anales del crimen y suelen proporcionar indicios valiosos sobre el criminal. ¿Sigue todo esto?».

«Muy claramente».

«Ahora bien, ¿qué podía hacer Jonathan Small? Sólo podría seguir vigilando en secreto los esfuerzos realizados para encontrar el tesoro. Posiblemente abandone Inglaterra y sólo regrese a intervalos. Entonces llega el descubrimiento de la buhardilla y es informado de ello al instante. Volvemos a rastrear la presencia de algún confederado en la casa. Jonathan, con su pata de palo, es totalmente incapaz de alcanzar la elevada habitación de Bartholomew Sholto. Lleva con él, sin embargo, a un socio bastante curioso, que supera esta dificultad, pero sumerge su pie desnudo en creosota, y allí viene Toby, y una cojera de seis millas para un oficial a medio sueldo con un tendón de Aquiles dañado».

«Pero fue el socio, y no Jonathan, quien cometió el crimen».

«Así es. Y más bien para disgusto de Jonathan, a juzgar por la forma en que pataleó cuando entró en la habitación. No le guardaba rencor a Bartholomew Sholto y hubiera preferido que simplemente le ataran y amordazaran. No deseaba que le pusieran la soga al cuello. Sin embargo, no había remedio... los instintos salvajes de su compañero se habían desatado y el veneno había hecho su trabajo... así que Jonathan Small dejó su registro, bajó la caja del tesoro al suelo y lo siguió él mismo. Ése fue el curso de los acontecimientos hasta donde puedo descifrarlos. Por supuesto, en cuanto a su aspecto personal debe ser de mediana edad y debe estar quemado por el sol después de haber cumplido su condena en un horno como el de las Andamán. Su estatura se calcula fácilmente por la longitud de su zancada y sabemos que era barbudo. Su vellosidad fue el único punto que impresionó a Thaddeus Sholto cuando lo vio en la ventana. No sé si hay algo más».

«¿El socio?».

«Ah, bueno, no hay gran misterio en ello. Pero pronto lo sabrá todo. ¡Qué dulce es el aire de la mañana! Vea cómo esa pequeña nube flota como una pluma rosa de algún flamenco gigantesco. Ahora el borde rojo del sol se empuja sobre el banco de nubes de Londres. Brilla sobre mucha gente pero sobre nadie, me atrevería a apostar, que esté en una misión más extraña que usted y yo. ¡Qué pequeños nos sentimos con nuestras mezquinas ambiciones y esfuerzos en presencia de las grandes fuerzas elementales de la naturaleza! ¿Conoce bien a Jean Paul?».

«Bastante. Lo leí a través de Carlyle».

«Fue como seguir el arroyo hasta el lago madre. Hace una observación curiosa pero profunda. Dice que la principal prueba de la verdadera grandeza del hombre reside en su percepción de su propia pequeñez. Argumenta, como ve, un poder de comparación y de apreciación que es en sí mismo una prueba de nobleza. Hay mucho alimento para la reflexión en Richter. Usted no tiene una pistola, ¿verdad?».

«Tengo mi bastón».

«Es posible que necesitemos algo así si llegamos a su guarida. A Jonathan se lo dejaré a usted pero si el otro se pone desagradable le dispararé a matar». Sacó su revólver mientras hablaba y, tras cargar dos de las recámaras, volvió a guardarlo en el bolsillo derecho de su chaqueta.

Durante este tiempo habíamos estado siguiendo la guía de Toby por las carreteras casi rurales bordeadas de villas que conducen a la metrópoli. Ahora, sin embargo, empezábamos a adentrarnos en calles continuas, donde los obreros y los estibadores ya estaban despiertos y las mujeres perezosas bajaban las persianas y cepillaban los umbrales de las puertas. En las tabernas de las esquinas los negocios acababan de empezar a trabajar y hombres de aspecto rudo salían frotándose la barba con las mangas después del primer trago. Perros extraños se acercaban y nos miraban asombrados a nuestro paso pero nuestro inimitable Toby no miraba ni a derecha ni a izquierda, sino que seguía trotando con el hocico pegado al suelo y emitiendo de vez en cuando un ansioso quejido que indicaba un fuerte olor.

Habíamos atravesado Streatham, Brixton, Camberwell y ahora nos encontrábamos en Kennington Lane, tras habernos alejado por las calles laterales al este de Oval. Los hombres a los que perseguíamos parecían haber tomado un camino curiosamente zigzagueante, con la idea probablemente de escapar a la observación. Nunca se habían mantenido en la carretera principal si una calle lateral paralela les servía para seguir. Al pie de Kennington Lane se habían desviado hacia la izquierda por Bond Street y Miles Street. Donde esta última calle se convierte en Knight's Place, Toby dejó de avanzar, pero empezó a correr hacia delante y hacia atrás con una oreja ladeada y la otra caída, la viva imagen de la indecisión canina. Luego se paseó en círculos, mirándonos de vez en cuando, como para pedirnos compasión por su desconcierto.

«¿Qué demonios le pasa al perro?», gruñó Holmes. «Seguro que no cogerían un taxi ni se irían en globo».

«Quizá estuvieron aquí algún tiempo», sugerí.

«¡Ah! Todo bien. Se ha vuelto a poner en marcha», dijo mi acompañante, en tono de alivio.

En efecto, estaba de nuevo en camino, pues tras olfatear de nuevo a su alrededor se decidió de repente y salió corriendo con una energía y una determinación como no había mostrado hasta entonces. El olor parecía ser mucho más intenso que antes, porque ni siquiera tuvo que poner la nariz en el suelo sino que tiró de su correa e intentó echar a correr. Pude ver por el brillo de los ojos de Holmes que pensaba que nos acercábamos al final de nuestro viaje.

Nuestro rumbo discurrió ahora por Nine Elms hasta que llegamos al gran aserradero Broderick and Nelson's, justo después de la taberna White Eagle. Aquí el perro, frenético de excitación, bajó por la puerta lateral al recinto, donde los aserradores ya estaban trabajando. El perro siguió corriendo entre serrín y virutas, por un callejón, rodeando un pasadizo, entre dos pilas de leña y, finalmente, con un aullido triunfal, saltó sobre un gran barril que aún estaba sobre el carro de mano en el que lo habían traído. Con la lengua desencajada y los ojos parpadeantes, Toby se detuvo sobre el barril, mirando de uno a otro de nosotros en busca de alguna señal de agradecimiento. Las duelas del barril y las ruedas del carro estaban embadurnadas de un líquido oscuro y todo el aire estaba cargado de olor a creosota.

Sherlock Holmes y yo nos miramos inexpresivamente y luego estallamos simultáneamente en una carcajada incontrolable.

«¿Y ahora qué?», pregunté. «Toby ha perdido su carácter infalible».

«Actuó de acuerdo con su entendimiento», dijo Holmes, bajándolo del barril y sacándolo del aserradero. «Si tiene en cuenta la cantidad de creosota que se transporta por Londres en un día, no es de extrañar que se haya cruzado en nuestro camino. Ahora se utiliza mucho, sobre todo para preparar la madera. El pobre Toby no tiene la culpa».

«Debemos volver a la pista principal, supongo».

«Sí. Y, afortunadamente, no tenemos que recorrer mucha distancia. Evidentemente, lo que desconcertó al perro en la esquina de Knight's Place fue que había dos senderos diferentes que corrían en direcciones opuestas. Tomamos el equivocado. Sólo nos queda seguir el otro».

No hubo ninguna dificultad al respecto. Al conducir a Toby al lugar donde había cometido su falta, dio vueltas en un amplio círculo y finalmente salió corriendo en una nueva dirección.

«Debemos tener cuidado de que no nos lleve ahora al lugar de donde salió el barril de creosota», observé.

«Ya pensé eso. Pero, como puede darse cuenta, se mantiene en el pavimento, mientras que el barril pasó por la calzada. No, ahora estamos en el verdadero rastro».

El rastro tendía hacia la orilla del río, atravesando Belmont Place y Prince's Street. Al final de Broad Street corrió hasta el borde del agua, donde había un pequeño embarcadero de madera. Toby nos llevó hasta el mismo borde de éste y allí se quedó lloriqueando, mirando la oscura corriente que había más allá.

«No tenemos suerte», dijo Holmes. «Han cogido un barco aquí». Varias bateas y esquifes pequeños estaban tirados en el agua y en el borde del muelle. Llevamos a Toby a cada uno de ellos por turno, pero, aunque olfateó con seriedad, no dio ninguna señal.

Cerca del rudimentario embarcadero había una pequeña casa de ladrillo, con un cartel de madera asomando por la segunda ventana. «Mordecai Smith» estaba impreso a lo ancho en grandes letras y, debajo, «Se alquilan botes por horas o días». Una segunda inscripción sobre la puerta informaba de que se guardaba una lancha de vapor, afirmación confirmada por un gran montón de coque sobre el embarcadero. Sherlock Holmes miró lentamente a su alrededor y su rostro adoptó una expresión ominosa.

«Esto huele mal», dijo. «Estos tipos son más astutos de lo que esperaba. Parece que han cubierto sus huellas. Me temo que aquí ha habido una gestión ya concertada».

Él se acercaba a la puerta de la casa cuando ésta se abrió y salió corriendo un chiquillo de seis años y cabeza rizada, seguido de una mujer corpulenta y de cara roja con una gran esponja en la mano.

«Vuelve y lávate, Jack», gritó. «Vuelve, joven diablillo; porque si tu padre vuelve a casa y te encuentra así, nos lo hará saber».

«¡Querido muchachito!», dijo Holmes, estratégicamente. «¡Qué joven bribón de mejillas sonrosadas! Ahora, Jack, ¿hay algo que te gustaría?».

El joven reflexionó un momento. «Me gustaría un chelín», dijo.

«¿Nada te gustaría más?».

«Me gustarían más dos chelines», respondió el prodigio, después de pensarlo un poco.

«¡Aquí los tienes, entonces! ¡Atrápalos...! ¡Un buen niño, Mrs. Smith!».

«Dios le bendiga, señor, él es eso sin duda, e inteligente. Es casi demasiado para mí para manejar, especialmente cuando mi marido está lejos por unos días».

«¿Se ha ido?», dijo Holmes, con voz decepcionada. «Lo lamento, pues quería hablar con Mr. Smith».

«Ha estado fuera desde ayer por la mañana, señor, y, a decir verdad, empiezo a sentir miedo por él. Pero si se tratara de un barco, señor, tal vez yo podría serle de ayuda».

«Quería alquilar su lancha de vapor».

«Pues, bendito sea usted, señor, él se ha ido en la lancha de vapor. Eso es lo que me desconcierta; porque sé que no hay más carbón en ella que el que le llevaría hasta Woolwich y de vuelta aquí. Si se hubiera ido en la barcaza no habría pensado nada; porque muchas veces un trabajo le ha llevado hasta Gravesend y entonces, si había mucho que hacer allí, podría haberse quedado. Pero, ¿de qué sirve una lancha de vapor sin carbón?».

«Podría haber comprado algo en un embarcadero río abajo».

«Podría, señor, pero no es su estilo. Muchas veces le he oído quejarse por los precios que cobran por unos cuantos sacos. Además, no me gusta ese hombre de pata de palo, con su fea cara y su palabrería extravagante. ¿Para qué quiere andar siempre por aquí?».

«¿Un hombre con pata de palo?», dijo Holmes, con anodina sorpresa.

«Sí, señor, un tipo moreno con cara de mono que ha visitado más de una vez a mi viejo. Fue él quien le despertó ayer por la noche y, lo que es más, mi marido sabía que venía, porque tenía vapor en la lancha. Se lo digo sin rodeos, señor, no me siento tranquila al respecto».

«Pero, mi querida Mrs. Smith», dijo Holmes encogiéndose de hombros, «se está asustando por nada. ¿Cómo puede saber que era el hombre de la pierna de madera el que vino por la noche? No entiendo cómo puede estar tan segura».

«Su voz, señor. Conocía su voz, que es algo gruesa y brumosa. Dio unos golpecitos en la manivela... a eso de las tres sería. "Muestra una pierna, compañero", dijo: "hora de salir de guardia". Mi viejo despertó a Jim —ese es mi hijo mayor— y se fueron, sin siquiera dirigirme una palabra. Podía oír la pata de palo repiqueteando en las piedras».

«¿Y este hombre con pierna de madera estaba solo?».

«No podría decirlo, se lo aseguro, señor. No oí a nadie más».

«Lo siento, Mrs. Smith, porque quería una lancha de vapor, y he oído buenos informes de la... déjeme ver, ¿cómo se llama?».

«El *Aurora*, señor».

«¡Ah! ¿No es esa vieja lancha verde con una línea amarilla, muy ancha en la manga?».

«No, para nada. Es la cosita más elegante del río. Ha sido recién pintada, negra con dos rayas rojas».

«Gracias. Espero que tenga pronto noticias de Mr. Smith. Voy río abajo y si veo algo del *Aurora* le haré saber a él que usted está intranquila. ¿Una chimenea negra, dice?».

«No, señor. Negra con una banda blanca».

«Ah, por supuesto. Eran los lados los que estaban negros. Buenos días, Mrs. Smith... Hay un barquero aquí con una barcaza, Watson. La tomaremos y cruzaremos el río.

«Lo principal con gente de ese tipo», dijo Holmes, mientras nos sentábamos en las espacios de la barcaza, «es no dejarles pensar nunca que su información puede tener la menor importancia para usted. Si lo hace, se callarán al instante como una ostra. Si les escucha para ser corregido, por así decirlo, es muy probable que consiga lo que quiere».

«Nuestro rumbo parece ahora bastante claro», dije.

«¿Qué haría entonces?».

«Yo contrataría una lancha y bajaría por el río siguiendo la pista del *Aurora*».

«Mi querido amigo, sería una tarea colosal. Podría haber parado en cualquier embarcadero a ambos lados de la corriente entre aquí y Greenwich. Por debajo del puente hay un perfecto laberinto de desembarcaderos a lo largo de millas. Le llevaría días y días agotarlos, si se pusiera a ello solo».

«Emplee a la policía, entonces».

«No. Probablemente llamaré a Athelney Jones en el último momento. No es un mal compañero, y no me gustaría hacer nada que pudiera perjudicarle profesionalmente. Pero me apetece resolverlo por mí mismo, ahora que hemos llegado tan lejos».

«¿Podríamos hacer publicidad, entonces, pidiendo información a los estibadores?».

«¡Peor aún! Nuestros hombres sabrían que le estamos pisando los talones y saldrían del país. Tal como están las cosas, es bastante probable que se marchen, pero mientras piensen que están perfectamente a salvo no tendrán ninguna prisa. La energía de Jones nos será de utilidad en eso, porque su visión del caso seguramente llegará a los diarios y los fugitivos pensarán que todo el mundo está siguiendo el rastro equivocado».

«¿Qué vamos a hacer, entonces?», pregunté, mientras desembarcábamos cerca de la penitenciaría de Millbank.

«Tomar este carruaje, ir a casa, desayunar algo y dormir una hora. Es bastante probable que volvamos a estar de pie esta noche. ¡Pare en una oficina de telégrafos, taxista! Nos quedaremos con Toby, pues aún puede sernos útil».

Paramos en la oficina de correos de Great Peter Street y Holmes despachó su telegrama. «¿A quién cree que va dirigido?», preguntó, mientras reanudábamos el viaje.

«Puedo decir con seguridad que no lo sé».

«¿Recuerda la división de Baker Street de la policía de detectives que empleé en el caso de Jefferson Hope?».

«Bueno...», dije, riendo.

«Este es justo el caso en el que podrían ser inestimables. Si fallan, tengo otros recursos; pero probaré con eso primero. Ese telegrama era para mi sucio lugarteniente, Wiggins, y espero que él y su banda estén con nosotros antes de que hayamos terminado de desayunar».

Eran ya entre las ocho y las nueve, y yo era consciente de una fuerte reacción tras las sucesivas excitaciones de la noche. Yo estaba mustio y cansado, aturdido de mente y fatigado de cuerpo. No tenía el entusiasmo profesional que animaba a mi compañero ni podía considerar el asunto como un mero problema intelectual abstracto. En cuanto a la muerte de Bartholomew Sholto, había oído hablar poco bien de él y no podía sentir una intensa antipatía por sus asesinos. El tesoro, sin embargo, era un asunto diferente. Aquello, o parte de ello, pertenecía legítimamente a Miss Morstan. Mientras hubiera una posibilidad de recuperarlo estaba dispuesto a dedicar mi vida a ese único objetivo. Cierto, si lo encontraba probablemente la pondría para siempre fuera de mi alcance. Pero sería un amor mezquino y egoísta el que se dejara influir por un pensamiento como ése. Si Holmes podía trabajar para encontrar a los criminales, yo tenía una razón diez veces más fuerte para impulsarme a encontrar el tesoro.

Un baño en Baker Street y un cambio de ropa completo me refrescaron maravillosamente. Cuando bajé a nuestra habitación encontré el desayuno preparado y a Homes sirviendo el café.

«Aquí está», dijo, riendo y señalando un periódico abierto. «El enérgico Jones y el ubicuo reportero lo han arreglado entre ellos. Pero ya ha tenido bastante con el caso. Mejor cómase antes sus huevos con jamón».

Cogí el periódico y leí la breve noticia, que se titulaba «Misteriosos asuntos en Upper Norwood».

«Hacia las doce de la noche de ayer», decía el *Standard,* «Mr. Bartholomew Sholto, de Pondicherry Lodge, Upper Norwood, fue encontrado muerto en su habitación en circunstancias que señalan un juego sucio. Por lo que hemos podido saber, no se encontraron huellas reales de violencia en la persona de Mr. Sholto pero se han llevado una valiosa colección de gemas indias que el difunto caballero había heredado de su padre. El descubrimiento lo hicieron primero Mr. Sherlock Holmes y el Dr. Watson, que habían visitado la casa con Mr. Thaddeus Sholto, hermano del difunto. Por una singular casualidad, Mr. Athelney Jones, el conocido miembro del cuerpo de detectives de la policía, se encontraba casualmente en la Comisaría de Norwood y acudió al lugar media hora después de que se diera la primera alarma. Sus entrenadas y experimentadas facultades se dirigieron de inmediato a la detección de los delincuentes, con el gratificante resultado de que el hermano, Thaddeus Sholto, ya ha sido detenido, junto con el ama de llaves, Mrs. Bernstone, un mayordomo indio llamado Lal Rao y un portero, o guardián, llamado McMurdo. Es bastante seguro que el ladrón o ladrones conocían bien la casa, ya que los consabidos conocimientos técnicos de Mr. Jones y sus dotes de observación minuciosa le han permitido demostrar de forma concluyente que los malhechores no pudieron entrar por la puerta ni por la ventana, sino que debieron abrirse paso por el tejado del edificio, y así, a través de una trampilla, llegar a una habitación que comunicaba con aquella en la que se encontró el cadáver. Este hecho, que se ha puesto de manifiesto muy claramente, demuestra de forma concluyente que no se trató de un mero robo fortuito. La rápida y enérgica actuación de los agentes de la ley demuestra la gran ventaja que supone la presencia en tales ocasiones de una singular mente vigorosa y magistral. No podemos sino pensar que proporciona un argumento a quienes desearían ver a nuestros detectives más descentralizados y así entrar en contacto más estrecho y eficaz con los casos que es su deber investigar».

«¡No es precioso!», dijo Holmes, sonriendo sobre su taza de café. «¿Qué le parece?».

«Creo que incluso nosotros estuvimos a punto de ser detenidos por el delito».

«Yo también. No respondería por nuestra seguridad ahora, si se le ocurriera tener otro de sus ataques de energía».

En ese momento sonó con fuerza el timbre y pude oír a Mrs. Hudson, nuestra casera, alzar la voz en un gemido de protesta y consternación.

«Por todos los cielos, Holmes», dije, levantándome a medias, «creo que realmente nos persiguen».

«No, no es tan malo como eso. Es la fuerza no oficial... los irregulares de Baker Street».

Mientras hablaba se oyó un rápido ruido de pies desnudos sobre las escaleras, un estruendo de voces agudas, y entraron corriendo una docena de pequeños árabes callejeros sucios y harapientos. Hubo entre ellos alguna muestra de disciplina, a pesar de su tumultuosa entrada, pues al instante se pusieron en fila y permanecieron de pie frente a nosotros con rostros expectantes. Uno de ellos, más alto y mayor que los demás, se adelantó con un aire de superioridad holgazana que resultaba muy gracioso en un espantajo tan despreciable.

«Recibí su mensaje, señor», dijo, «y los traje inmediatamente. Tres chelines y seis peniques por los tickets».

«Aquí tiene», dijo Holmes, sacando unas monedas de plata. «En el futuro pueden informarle a usted, Wiggins, y usted a mí. No puedo permitir que la casa sea invadida de esta manera. Sin embargo, es mejor que todos escuchen las instrucciones. Quiero dar con el paradero de una lancha de vapor llamada *Aurora*, del armador Mordecai Smith, negra con dos rayas rojas, de chimenea negra con una banda blanca. Está río abajo en alguna parte. Quiero que un muchacho esté asentado en el embarcadero de Mordecai Smith, frente a Millbank, para avisar si la lancha regresa. Deben organizarse entre ustedes y rastrillar bien ambas orillas. Avísenme en cuanto tengan noticias. ¿Está todo claro?».

«Sí, jefe», dijo Wiggins.

«La vieja escala de pago, y una guinea al muchacho que encuentre el barco. Aquí tienen un día por adelantado. Ahora, ¡en marcha!». Les entregó un chelín a cada uno y se fueron zumbando escaleras abajo y yo los vi un momento después corriendo por la calle.

«Si la lancha está por encima del agua, la encontrarán», dijo Holmes, mientras se levantaba de la mesa y encendía su pipa. «Pueden ir a todas partes, verlo todo, escucharlo todo. Espero tener noticias antes del anochecer de que la han localizado. Mientras tanto, no podemos hacer otra cosa que esperar los resultados. No podemos seguir el rastro perdido hasta que encontremos el *Aurora* o a Mr. Mordecai Smith».

«Toby podría comerse estas sobras, me atrevería a decir. ¿Se va a la cama, Holmes?».

«No; no estoy cansado. Tengo una constitución curiosa. Nunca recuerdo haberme sentido cansado por el trabajo, aunque la ociosidad me agota por completo. Voy a fumar y a reflexionar sobre este extraño asunto en el que nos ha introducido mi bella clienta. Si alguna vez el hombre ha tenido una tarea fácil, ésta debería ser la nuestra. Los hombres con piernas de madera no son tan comunes, pero el otro debe ser, creo, absolutamente único».

«¡De nuevo ese otro hombre!».

«No deseo convertirlo en un misterio, al menos para usted. Pero usted debe haberse formado su propia opinión. Ahora, considere los datos. Huellas diminutas, dedos nunca prisioneros de botas, pies desnudos, maza de madera con cabeza de piedra, gran agilidad, pequeños dardos envenenados. ¿Qué opina de todo esto?».

«¡Un salvaje!», exclamé. «Quizá uno de esos indios que eran socios de Jonathan Small».

«Difícilmente», dijo. «Cuando vi por primera vez señales de armas extrañas me incliné a pensar así; pero el notable carácter de las huellas me hizo reconsiderar mis opiniones. Algunos de los habitantes de la península india son hombres pequeños pero ninguno podría haber dejado marcas como ésas. El hindú propiamente dicho tiene los pies largos y delgados. El mahometano que lleva sandalias tiene el dedo gordo del pie bien separado de los demás, porque entre ellos suele pasar la correa. Estos pequeños dardos, además, sólo pueden dispararse de una manera. Provienen de una cerbatana. Ahora bien, entonces, ¿dónde vamos a encontrar a nuestro salvaje?».

«Sudamericano», aventuré.

Él estiró la mano hacia arriba y sacó un gran volumen de la estantería. «Es el primer volumen de un nomenclátor que se está publicando ahora. Puede considerarse como la autoridad más reciente. ¿Qué tenemos aquí? "Islas Andaman, situadas a 340 millas al norte de Sumatra, en la Bahía de Bengala". ¡Hum... hum! ¿Qué es todo esto? Clima húmedo, arrecifes de coral, tiburones, Port Blair, barracones de convictos, la Isla de Rutland, álamos... Ah, aquí estamos. "Los aborígenes de las Islas Andamán quizá puedan reclamar la distinción de ser la raza más pequeña de esta tierra, aunque algunos antropólogos prefieren a los bosquimanos de África, los indios cavadores de América y los de Tierra del Fuego. La estatura media está bastante por debajo de los cuatro pies, aunque se pueden encontrar muchos adultos que son mucho más pequeños que esto. Son un pueblo feroz, malhumorado e intratable, aunque capaz de entablar las amistades más devotas cuando se ha ganado su confianza". Fíjese en eso, Watson. Ahora, escuche esto. "Son naturalmente horribles, tienen cabezas grandes y deformes, ojos pequeños y fieros y rasgos distorsionados. Sus pies y manos, sin embargo, son notablemente pequeños. Son tan intratables y feroces que todos los esfuerzos de los oficiales británicos han fracasado a la hora de ganárselos en alguna medida. Siempre han sido un terror para las tripulaciones de los náufragos, descerebrando a los supervivientes con sus garrotes de cabeza de piedra o disparándoles con sus flechas envenenadas. Estas masacres concluyen invariablemente con un festín caníbal". ¡Gente amable y simpática, Watson! Si a este tipo le hubieran dejado a su aire, este asunto podría haber tomado un cariz aún más espantoso. Me imagino que, incluso así, Jonathan Small daría mucho por no haberle empleado».

«¿Pero cómo llegó a tener un compañero tan singular?».

«Ah, eso es más de lo que puedo decir. Sin embargo, como ya habíamos determinado que Small venía de las Andamán, no es tan maravilloso que este isleño esté con él. Sin duda lo sabremos todo a su debido tiempo. Mire aquí, Watson; parece muy cansado. Túmbese ahí en el sofá, a ver si consigo dormirle».

Él cogió su violín del rincón y mientras yo me estiraba empezó a tocar algún aire bajo, soñador y melodioso... suyo, sin duda, pues tenía un notable don para la improvisación. Tengo un vago recuerdo de sus miembros enjutos, su rostro serio y el subir y bajar de su arco. Entonces me pareció flotar apaciblemente sobre un suave mar de sonidos, hasta que me encontré en el país de los sueños, con el dulce rostro de Mary Morstan mirándome.

CAPÍTULO IX — UNA RUPTURA EN LA CADENA

Fue a última hora de la tarde cuando me desperté, fortalecido y refrescado. Sherlock Holmes seguía sentado exactamente como yo le había dejado, salvo que había dejado a un lado su violín y estaba sumido en un libro. Me miró cuando me moví y noté que su rostro estaba sombrío y preocupado.

«Ha dormido profundamente», dijo. «Temía que nuestra charla le despertara».

«No he oído nada», respondí. «¿Ha tenido más noticias, entonces?».

«Desgraciadamente, no. Confieso que estoy sorprendido y decepcionado. Esperaba algo definitivo a estas horas. Wiggins acaba de subir a informar. Dice que no se encuentra ningún rastro de la lancha. Es una comprobación provocadora, pues cada hora tiene su importancia».

«¿Puedo hacer algo? Estoy perfectamente fresco ahora y listo para otra salida nocturna».

«No, no podemos hacer nada. Sólo podemos esperar. Si vamos nosotros, el mensaje podría llegar en nuestra ausencia, y se causaría un retraso. Puede hacer lo que quiera, pero yo debo permanecer en guardia».

«Entonces iré corriendo a Camberwell y visitaré a Mrs. Cecil Forrester. Ella me lo pidió ayer».

«¿A Mrs. Cecil Forrester?», preguntó Holmes, con el brillo de una sonrisa en los ojos.

«Por supuesto, a Miss Morstan también. Estaban ansiosas por saber qué había pasado».

«Yo no les diría demasiado», dijo Holmes. «Nunca se puede confiar del todo en las mujeres, ni siquiera en las mejores».

No me detuve a discutir sobre este atroz sentimiento. «Volveré en una o dos horas», comenté.

«¡Muy bien! ¡Buena suerte! Pero, digo yo, si va a cruzar el río bien puede devolver a Toby, pues no creo que sea en absoluto probable que tengamos algún uso para él ahora».

Me llevé a nuestro perro mestizo en consecuencia y lo dejé, junto con medio soberano, en casa del viejo naturalista en Pinchin Lane. En Camberwell encontré a Miss Morstan, un poco cansada después de sus aventuras nocturnas pero muy ansiosa por escuchar las noticias. También Mrs. Forrester estaba llena de curiosidad. Les conté todo lo que habíamos hecho, suprimiendo, sin embargo, las partes más espantosas de la tragedia. Así, aunque hablé de la muerte de Mr. Sholto, no dije nada de la forma y el método exactos de la misma. Con todas mis omisiones, sin embargo, hubo suficiente para sobresaltarlas y asombrarlas.

«¡Es una novela!», gritó Mrs. Forrester. «Una dama herida, medio millón en un tesoro, un caníbal negro y un rufián con pata de palo. Ocupan el lugar del dragón convencional o del conde malvado».

«Y dos caballeros andantes al rescate», añadió Miss Morstan, dirigiéndome una brillante mirada.

«Vaya, Mary, tu fortuna depende del resultado de esta búsqueda. No creo que estés lo suficientemente entusiasmada. Imagínate lo que debe ser ser tan rica y tener el mundo a tus pies».

Me produjo un pequeño estremecimiento de alegría notar que ella no mostraba ningún signo de júbilo ante la perspectiva. Al contrario, ladeó su orgullosa cabeza, como si el asunto le interesara poco.

«Es por Mr. Thaddeus Sholto por quien estoy ansiosa», dijo ella. «Nada más tiene importancia; pero creo que se ha comportado de la forma más amable y honorable en todo momento. Es nuestro deber demostrar la inocencia de esta terrible e infundada acusación».

Era de noche antes de salir de Camberwell y bastante oscuro cuando llegué a casa. El libro y la pipa de mi compañero yacían junto a su silla, pero él había desaparecido. Miré a mi alrededor con la esperanza de ver una nota, pero no había ninguna.

«Supongo que Mr. Sherlock Holmes ha salido», le dije a Mrs. Hudson cuando subió a bajar las persianas.

«No, señor. Se ha ido a su habitación, señor. ¿Sabe, señor», hundiendo su voz en un susurro impresionante, «que yo temo por su salud?».

«¿Por qué, Mrs. Hudson?».

«Bueno, él es así de extraño, señor. Después de que usted se fuera caminó y caminó, arriba y abajo, y arriba y abajo, hasta que me cansé del sonido de sus pisadas. Entonces le oí hablar consigo mismo y murmurar y cada vez que sonaba la campana salía a la escalera con un "¿Qué pasa, Mrs. Hudson?". Y ahora se ha ido de golpe a su habitación, pero le oigo caminar igual que siempre. Espero que no se ponga enfermo, señor. Me aventuré a decirle algo sobre medicinas refrescantes, pero se volvió hacia mí, señor, con tal mirada que no sé cómo pude salir de la habitación».

«No creo que tenga motivos para inquietarse, Mrs. Hudson», le contesté. «Le he visto así antes. Tiene algún pequeño asunto en la cabeza que le inquieta». Intenté hablar con ligereza a nuestra digna casera, pero yo misma me sentía algo inquieto cuando a lo largo de la larga noche seguía oyendo de vez en cuando el sordo sonido de sus pisadas y sabía cómo su agudo espíritu se resentía de esta involuntaria inacción.

A la hora del desayuno él parecía agotado y demacrado, con una pequeña mancha de color febril en cada mejilla.

«Se está agotando solo, viejo», le comenté. «Le oí marchar toda la noche».

«No, no he podido dormir», respondió. «Este problema infernal me está consumiendo. Es demasiado que me frene un obstáculo tan insignificante, cuando todo lo demás ha sido superado. Conozco a los hombres, la lancha, todo; y sin embargo no puedo obtener noticias. He puesto a trabajar a otras agencias y he utilizado todos los medios a mi alcance. Se ha buscado por todo el río a ambos lados, pero no hay noticias, ni Mrs. Smith ha sabido nada de su marido. Pronto llegaré a la conclusión de que han hundido la embarcación. Pero hay objeciones a eso».

«O que Mrs. Smith nos ha puesto tras una pista equivocada».

«No, creo que eso puede descartarse. Hice averiguaciones y hay una lancha con esa descripción».

«¿Podría haber remontado el río?».

«También he considerado esa posibilidad, y hay un grupo de búsqueda que trabajará hasta Richmond. Si no hay noticias hoy, partiré yo mismo mañana, e iré a por los hombres más que a por el barco. Pero seguro, seguro que oiremos algo».

Sin embargo, no lo hicimos. No nos llegó ni una palabra ni de Wiggins ni de las otras agencias. Había artículos en la mayoría de los periódicos sobre la tragedia de Norwood. Todos parecían más bien hostiles al desafortunado Thaddeus Sholto. Sin embargo, no se encontraban nuevos detalles en ninguno de ellos, salvo que se iba a celebrar una investigación al día siguiente. Por la noche me dirigí a Camberwell para informar a las damas de nuestro mal éxito y a mi regreso encontré a Holmes abatido y algo malhumorado. Apenas respondía a mis preguntas y se entretuvo toda la tarde en un abstruso análisis químico que implicaba mucho calentamiento de retortas y destilación de vapores y que terminó al final en un olor que casi me echó del apartamento. Hasta altas horas de la madrugada pude oír el tintineo de sus tubos de ensayo que me indicaban que seguía enfrascado en su maloliente experimento.

Al amanecer me desperté sobresaltado y me sorprendió encontrarle de pie junto a mi cama, vestido con un rudo traje de marinero con un chaquetón y un tosco pañuelo rojo alrededor del cuello.

«Me voy río abajo, Watson», dijo. «He estado dándole vueltas en la cabeza y sólo veo una salida. Merece la pena intentarlo, en cualquier caso».

«¿Puedo ir con usted, entonces?», le dije.

«No; usted puede ser mucho más útil si permanece aquí como mi representante. Me resisto a irme, pues es bastante probable que llegue algún mensaje durante el día, aunque Wiggins se mostró abatido al respecto anoche. Quiero que abra todas las notas y telegramas, y que actúe según su propio criterio si llega alguna noticia. ¿Puedo confiar en usted?».

«Sin duda».

«Me temo que no podrá telegrafiarme, pues aún no puedo saber dónde me encontraré. Sin embargo, si tengo suerte, puede que no me ausente tanto tiempo. Tendré noticias de un tipo u otro antes de volver».

A la hora del desayuno no había oído nada de él. Al abrir el *Standard*, sin embargo, descubrí que había una nueva alusión al asunto. «Con referencia a la tragedia de Upper Norwood», comentaba, «tenemos razones para creer que el asunto promete ser aún más complejo y misterioso de lo que se suponía en un principio. Nuevas pruebas han demostrado que es del todo imposible que Mr. Thaddeus Sholto pudiera haber estado implicado en modo alguno en el asunto. Tanto él como el ama de llaves, Mrs. Bernstone, fueron puestos en libertad ayer por la tarde. Se cree, sin embargo, que la policía tiene una pista sobre los verdaderos culpables, y que está siendo perseguida por Mr. Athelney Jones, de Scotland Yard, con toda su conocida energía y sagacidad. Se pueden esperar nuevas detenciones en cualquier momento».

«Eso es satisfactorio, hasta donde llega», pensé. «El amigo Sholto está a salvo, en cualquier caso. Me pregunto cuál puede ser la nueva pista; aunque parece ser un estereotipo para cada vez que la policía ha cometido un error garrafal».

Tiré el periódico sobre la mesa, pero en ese momento mi vista captó un anuncio en el consultorio sentimental. Decía así:

«Perdido.— Dado que Mordecai Smith, barquero, y su hijo, Jim, salieron de Smith's Wharf alrededor de las tres de la mañana del pasado martes en la lancha de vapor *Aurora*, negra con dos rayas rojas, chimenea negra con una banda blanca, se pagará la suma de cinco libras a quien pueda dar información a Mrs. Smith, en Smith's Wharf, o en el *221b* de Baker Street, sobre el paradero de dicho Mordecai Smith y de la lancha *Aurora*».

Esto era claramente obra de Holmes. La dirección de Baker Street bastaba para demostrarlo. Me pareció bastante ingenioso, porque podría ser leído por los fugitivos sin que vieran en ello más que la ansiedad natural de una esposa por su marido desaparecido.

Fue un día largo. Cada vez que llamaban a la puerta o se escuchaba un paso firme por la calle, imaginaba que era Holmes que regresaba o una respuesta a su anuncio. Intenté leer, pero mis pensamientos se desviaban hacia nuestra extraña búsqueda y hacia la mal avenida y villana pareja a la que perseguíamos. ¿Podría haber, me preguntaba, algún fallo radical en el razonamiento de mi compañero? ¿Podría estar sufriendo algún enorme autoengaño? ¿No era posible que su mente ágil y especulativa hubiera construido esta descabellada teoría sobre premisas defectuosas? Nunca había sabido que se equivocara; y, sin embargo, el razonador más agudo puede ser engañado ocasionalmente. Pensaba que era probable que cayera en el error por el exceso de refinamiento de su lógica, por su preferencia por una explicación sutil y extraña cuando tenía a mano otra más sencilla y común. Pero, por otra parte, yo mismo había visto las pruebas y había oído las razones de sus deducciones. Cuando recordé la larga cadena de circunstancias curiosas, muchas de ellas triviales en sí mismas pero todas tendentes en la misma dirección no pude disimular ante mí mismo que, aunque la explicación de Holmes fuera incorrecta, la verdadera teoría debía ser igualmente *extravagante* y sorprendente.

A las tres de la tarde se oyó un fuerte repique en la campana, una voz autoritaria en el vestíbulo y, para mi sorpresa, se presentó ante mí nada menos que Mr. Athelney Jones. Muy diferente era, sin embargo, del brusco y magistral profesor de sentido común que se había hecho cargo del caso con tanta confianza en Upper Norwood. Se lo veía abatido y manso, incluso apologético.

«Buenos días, señor; buenos días», dijo él. «Mr. Sherlock Holmes está fuera, según tengo entendido».

«Sí, y no estoy seguro de cuándo volverá. Pero quizás le interese esperar. Tome esa silla y pruebe uno de estos cigarros».

«Gracias; no hay problema», dijo él, secándose la cara con un pañuelo rojo.

«¿Y un whisky con soda?».

«Bueno, medio vaso. Hace mucho calor para la época del año; y he tenido bastantes cosas que me preocupan y me ponen a prueba. ¿Conoce mi teoría sobre el caso Norwood?».

«Recuerdo que usted expresó una».

«Bueno, me he visto obligado a reconsiderarla. Tenía mi red bien tendida alrededor de Mr. Sholto, señor, cuando de repente se produjo un agujero en medio de ella. Él pudo probar una coartada que no pudo ser derribada. Desde el momento en que salió de la habitación de su hermano nunca estuvo fuera de la vista de unos u otros. Así que no pudo ser él quien trepara por tejados y trampillas. Es un caso muy oscuro y mi crédito profesional está en juego. Me alegraría mucho un poco de ayuda».

«Todos necesitamos ayuda a veces», dije yo.

«Su amigo, Mr. Sherlock Holmes, es un hombre maravilloso, señor», dijo, con voz ronca y confidencial. «Es un hombre al que no se puede vencer. He visto a ese joven adentrarse en un buen número de casos pero nunca he visto un caso sobre el que él no pudiera arrojar luz. Es irregular en sus métodos y un poco apresurado quizás en saltar a las conclusiones de su teoría, pero, en general, creo que habría sido un oficial de lo más prometedor y no me importa quién lo sepa. He recibido un telegrama suyo esta mañana, por el que entiendo que ha conseguido alguna pista sobre este asunto de Sholto. Aquí está el mensaje».

Sacó el telegrama de su bolsillo y me lo entregó. Estaba fechado en Poplar a las doce en punto. «Vaya a Baker Street de inmediato», decía. «Si no he regresado, espéreme. Estoy cerca de la pista de la banda de Sholto. Puede venir con nosotros esta noche si quiere estar en la línea final».

«Esto suena bien. Evidentemente ha vuelto a captar el rastro», dije yo.

«Ah, entonces él también ha fallado», exclamó Jones, con evidente satisfacción. «Incluso los mejores de nosotros nos salimos de la pista a veces. Por supuesto, esto puede resultar ser una falsa alarma; pero es mi deber como agente de la ley no dejar escapar ninguna oportunidad. Pero... hay alguien en la puerta. Tal vez sea él».

Se oyó un pesado paso que ascendía por la escalera, con un gran jadeo y traqueteo como de un hombre al que le costara mucho respirar. Una o dos veces se detuvo, como si la subida fuera demasiado para él, pero al final se dirigió hacia nuestra puerta y entró. Su aspecto correspondía a los sonidos que habíamos oído. Era un hombre mayor, vestido con atuendo marinero, con un viejo chaquetón abotonado hasta la garganta. Tenía la espalda encorvada, las rodillas temblorosas y una respiración dolorosamente asmática. Mientras se apoyaba en un grueso garrote de roble, sus hombros se agitaban en el esfuerzo por llevar el aire a sus pulmones. Llevaba un pañuelo de colores alrededor de la barbilla y pude ver poco de su rostro, salvo un par de agudos ojos oscuros, sobrevolados por pobladas cejas blancas y largos bigotes laterales grises. En conjunto me dio la impresión de un respetable maestro marinero que había caído en la vejez y la pobreza.

«¿Qué pasa, compañero?», le pregunté.

Él miró a su alrededor con la lentitud metódica de la vejez.

«¿Está aquí Mr. Sherlock Holmes?», dijo.

«No; pero yo ocupo sus funciones. Puede darme cualquier mensaje que tenga para él».

«Era a él mismo a quien debía dárselo», dijo.

«Pero le digo que yo ocupo sus funciones. ¿Es por el barco de Mordecai Smith?».

«Sí. Sé bien dónde está. Y sé dónde están los hombres que él persigue. Y sé dónde está el tesoro. Lo sé todo».

«Entonces dígamelo y se lo haré saber».

«Era a él a quien debía contárselo», repitió, con la petulante obstinación de un hombre muy mayor.

«Bueno, debe esperarle».

«No, no; no voy a perder un día entero para complacer a nadie. Si Mr. Holmes no está aquí, entonces Mr. Holmes debe averiguarlo todo por sí mismo. No me importa el aspecto de ninguno de los dos y no diré ni una palabra».

Arrastró los pies hacia la puerta pero Athelney Jones se puso delante de él.

«Espere un poco, amigo mío», le dijo. «Tiene información importante y no debe marcharse. Le retendremos, lo quiera o no, hasta que vuelva nuestro amigo».

El anciano corrió un poco hacia la puerta, pero, cuando Athelney Jones apoyó su ancha espalda contra ella, reconoció la inutilidad de la resistencia.

«¡Qué clase de trato éste!», gritó, dando un pisotón con su bastón. «¡Vengo aquí a ver a un caballero y ustedes dos, a quienes no he visto en mi vida, me agarran y me tratan de esta manera!».

«No estará mal», le dije. «Le recompensaremos por la pérdida de su tiempo. Siéntese aquí en el sofá y no tendrá que esperar mucho».

Se acercó con bastante hosquedad y se sentó con la cara apoyada en las manos. Jones y yo reanudamos nuestros cigarros y nuestra charla. De pronto, sin embargo, la voz de Holmes irrumpió entre nosotros.

«Creo que también podrían ofrecerme un puro», dijo.

Ambos nos incorporamos en nuestras sillas. Allí estaba Holmes sentado cerca de nosotros con un aire de tranquila diversión.

«¡Holmes!», exclamé. «¡Usted aquí! Pero, ¿dónde está el viejo?».

«Aquí está el viejo», dijo, tendiéndome un montón de pelo blanco. «Aquí está: peluca, bigotes, cejas y todo. Creía que mi disfraz era bastante bueno, pero no esperaba que resistiera esa prueba».

«¡Ah, pícaro!», gritó Jones, sumamente encantado. «Habría sido un actor, y de los mejores. Tenía la tos propia de un hospicio y esas débiles piernas suyas valen diez libras a la semana. Sin embargo, me pareció conocer el brillo de sus ojos. No se nos escapó tan fácilmente, ya ve».

«He estado trabajando con ese atuendo todo el día», dijo, encendiendo su puro. «Verá, buena parte de la clase criminal empieza a conocerme, sobre todo desde que nuestro amigo empezó a publicar algunos de mis casos, así que sólo puedo ir a la guerra con un disfraz tan sencillo como éste. ¿Recibió mi mensaje?».

«Sí; eso fue lo que me trajo aquí».

«¿Cómo ha prosperado su caso?».

«Todo ha quedado en la nada. He tenido que liberar a dos de mis prisioneros y no hay pruebas contra los otros dos».

«No importa. Le daremos otros dos en su lugar. Pero debe ponerse a mis órdenes. Le doy todo el crédito oficial pero debe actuar como yo le señale. ¿Está de acuerdo?».

«Completamente, si me ayuda a encontrar los hombres».

«Bien, entonces, en primer lugar querré una lancha rápida de la policía —una lancha de vapor— para estar en Westminster Stairs a las siete en punto».

«Eso es fácil de manejar. Siempre hay una por allí; pero puedo cruzar la calle y telefonear para asegurarme».

«Además necesitaré dos hombres robustos, en caso de resistencia».

«Habrá dos o tres en el barco. ¿Qué más?».

«Cuando detengamos a los hombres conseguiremos el tesoro. Creo que sería un placer para mi amigo aquí presente llevar la caja a la joven a quien la mitad pertenece por derecho. Que sea ella la primera en abrirla... ¿Eh, Watson?».

«Sería un gran placer para mí».

«Un procedimiento bastante irregular», dijo Jones, sacudiendo la cabeza. «Sin embargo, todo el asunto es irregular y supongo que debemos mirar hacia otro lado. El tesoro debe entregarse después a las autoridades hasta que haya pasado la investigación oficial».

«Ciertamente. Eso es fácil de gestionar. Otra cuestión. Me gustaría mucho tener algunos detalles sobre este asunto de labios del propio Jonathan Small. Ya sabe que me gusta trabajar los detalles de mis casos. ¿No hay inconveniente en que tenga una entrevista extraoficial con él, aquí en mis habitaciones o en otro lugar, siempre que esté eficientemente custodiado?».

«Bueno, usted es el dueño de la situación. Aún no he tenido ninguna prueba de la existencia del tal Jonathan Small. Sin embargo, si logra atraparlo no veo cómo puedo negarle una entrevista con él».

«¿Queda entendido, entonces?».

«Perfectamente. ¿Hay algo más?».

«Sólo que insisto en que cene con nosotros. La cena estará lista en media hora. Tengo ostras y un par de urogallos, con alguna selección de vinos blancos... Watson, aún no ha reconocido mis méritos como amo de casa».

CAPÍTULO X — EL FIN DEL ISLEÑO

Nuestra comida fue alegre. Holmes podía hablar muy bien cuando lo deseaba y esa noche lo hizo. Parecía encontrarse en un estado de exaltación nerviosa. Nunca le había visto tan brillante. Habló sobre una rápida sucesión de temas: sobre autos sacramentales, sobre cerámica medieval, sobre violines Stradivarius, sobre el budismo de Ceilán y sobre los barcos de guerra del futuro, tratando cada uno de ellos como si lo hubiera estudiado especialmente. Su brillante humor marcó la reacción de su oscura depresión de los días precedentes. Athelney Jones demostró ser un alma sociable en sus horas de relajación y afrontó su cena con el aire de un *bon vivant*. Por mi parte, me sentía eufórico al pensar que nos acercábamos al final de nuestra tarea y me contagié algo de la alegría de Holmes. Ninguno de nosotros aludió durante la cena a la causa que nos había reunido.

Una vez recogido el paño, Holmes echó un vistazo a su reloj y llenó tres vasos con oporto. «Uno extra», dijo, «por el éxito de nuestra pequeña expedición. Ya es hora de que nos vayamos. ¿Tiene una pistola, Watson?».

«Tengo mi viejo revólver de servicio en mi escritorio».

«Será mejor que lo coja, entonces. Es bueno estar preparado. Veo que el taxi está en la puerta. Lo pedí para las seis y media».

Eran poco más de las siete cuando llegamos al muelle de Westminster y encontramos nuestra lancha esperándonos. Holmes la observó con ojo crítico.

«¿Hay algo que lo señale como barco de la policía?».

«Sí, esa lámpara verde del lateral».

«Entonces quítesela».

Se hizo el pequeño cambio, subimos a bordo y se soltaron las amarras. Jones, Holmes y yo nos sentamos en la popa. Había un hombre en el timón, otro para atender los motores y dos fornidos policías-inspectores en la proa.

«¿Adónde?», preguntó Jones.

«A la Torre de Londres. Dígales que paren frente a Jacobson's Yard».

Nuestra embarcación era evidentemente muy rápida. Pasamos disparados por delante de las largas filas de barcazas cargadas como si estuvieran paradas. Holmes sonrió con satisfacción cuando pasamos a un vapor fluvial y lo dejamos atrás.

«Deberíamos poder atrapar lo que sea en el río», dijo.

«Bueno, no sé si tanto. Pero no hay muchas lanchas que nos ganen».

«Tendremos que atrapar al *Aurora*, y tiene fama de ser un clíper. Le diré cómo está el terreno, Watson. ¿Recuerda lo molesto que me sentí al verme entorpecido por algo tan insignificante?».

«Sí».

«Bueno, he dado a mi mente un descanso completo sumergiéndome en un análisis químico. Uno de nuestros más grandes estadistas ha dicho que un cambio de trabajo es el mejor descanso. Así es. Cuando hube conseguido disolver el hidrocarburo en el que estaba trabajando, volví a nuestro problema de los Sholto, y pensé de nuevo en todo el asunto. Mis muchachos habían remontado y descendido el río sin resultado. La lancha no estaba en ningún embarcadero, ni muelle, ni había regresado. Sin embargo, difícilmente podría haber sido hundida para ocultar sus huellas, aunque eso siempre quedaba como una hipótesis posible si todo lo demás fallaba. Sabía que este hombre, Small, tenía un cierto grado de astucia sucia, pero no le creía capaz de hacer algo delicado y fino. Eso suele ser producto de una educación superior. Entonces reflexioné que, puesto que sin duda llevaba algún tiempo en Londres —ya que teníamos pruebas de que mantenía una vigilancia continua sobre Pondicherry Lodge—, difícilmente podría marcharse de un momento a otro, sino que necesitaría algo de tiempo, aunque sólo fuera un día, para arreglar sus asuntos. Ese era el balance de probabilidades, en cualquier caso».

«Me parece un poco débil», dije yo. «Es más probable que hubiera arreglado sus asuntos antes de emprender su expedición».

«No, no lo creo. Esta guarida suya sería un refugio demasiado valioso en caso de necesidad como para que renunciara a ella hasta estar seguro de que podría prescindir de ella. Pero me vino a la mente una segunda consideración. Jonathan Small debió de pensar que el peculiar aspecto de su compañero, por mucho que lo hubiera maquillado, daría lugar a habladurías y posiblemente se le asociaría con esta tragedia de Norwood. Era lo bastante avispado como para darse cuenta de ello. Habían partido de su cuartel general al amparo de la oscuridad y él desearía regresar antes de que amaneciera. Ahora bien, eran pasadas las tres, según Mrs. Smith, cuando cogieron el barco. Habría bastante luz y la gente estaría por allí en una hora o algo así. Por lo tanto, argumentaba, no fueron muy lejos. Pagaron bien a Smith para que se callara, reservaron su lancha para la huida final y se apresuraron a llegar a sus alojamientos con la caja del tesoro. En un par de noches, cuando tuvieran tiempo de ver qué opinión tenían los periódicos y si había alguna sospecha, se dirigirían al amparo de la oscuridad a algún barco en Gravesend o en los Downs, donde sin duda ya habían arreglado los pasajes a América o a las Colonias».

«¿Pero... la lancha? No podrían haberla llevado a su alojamiento».

«Exactamente. Argumenté que la lancha no debía estar muy lejos, a pesar de su invisibilidad. Entonces me puse en el lugar de Small y lo vi tal y como lo haría un hombre de su capacidad. Probablemente consideraría que devolver la lancha o mantenerla en un muelle facilitaría la persecución si la policía llegaba a seguirle la pista. ¿Cómo, entonces, podría ocultar la lancha y, sin embargo, tenerla a mano cuando se la buscara? Me pregunté qué haría yo mismo si estuviera en su lugar. Sólo se me ocurría una manera de hacerlo. Yo podría entregar la lancha a algún constructor o reparador de barcos, con instrucciones de que le hicieran un cambio insignificante. Luego la trasladaría a su cobertizo o astillero, y así quedaría eficazmente oculta, mientras que al mismo tiempo yo podría disponer de ella con pocas horas de antelación».

«Eso parece bastante sencillo».

«Son precisamente estas cosas tan sencillas las que corren un gran riesgo de ser pasadas por alto. Sin embargo, decidí llevar a cabo la idea. Me puse en marcha de inmediato con este inofensivo aparejo de marinero y pregunté en todos los astilleros del río. No logré nada en los primeros quince, pero en el decimosexto —Jacobson's— me enteré de que el *Aurora* les había sido entregado hacía dos días por un hombre con pata de palo, con algunas indicaciones triviales sobre su timón. "No hay nada malo con su timón", dijo el capataz. "Ahí está, con las rayas rojas". En ese momento, ¿quién iba a llegar sino Mordecai Smith, el propietario desaparecido? Estaba bastante desmejorado por el licor. Por supuesto, no le conocía, pero gritó su nombre y el de su lancha. "La quiero esta noche a las ocho", dijo, "a las ocho en punto, porque tengo dos caballeros a los que no quiero hacer esperar". Evidentemente le habían pagado bien, pues estaba muy sobrado de dinero, repartiendo chelines entre los hombres. Lo seguí a cierta distancia, pero se metió en una cervecería, así que volví al astillero y, por casualidad, recogí a uno de mis muchachos por el camino y lo puse de centinela en la lancha. Se colocará al borde del agua y nos agitará el pañuelo cuando se pongan en marcha. Estaremos sobre el cauce, y sería algo inaudito si no atrapamos los hombres, el tesoro y todo».

«Lo ha planeado todo muy bien, sean los hombres adecuados o no», dijo Jones; «pero si el asunto hubiera estado en mis manos, habría tenido un cuerpo de policía en Jacobson's Yard y los habría arrestado cuando llegaran».

«Que hubiera sido... nunca. Este hombre Small es un tipo bastante astuto. Enviaría a un emisario por delante, y si algo le hiciera sospechar se quedaría escondido una semana más».

«Pero podrías haber atrapado a Mordecai Smith, y así le habría conducido a su escondite», dije yo.

«En ese caso habría perdido el día. Creo que la posibilidad es cien contra uno de que Smith sepa dónde viven. Mientras tenga licor y una buena paga, ¿por qué debería hacer preguntas? Le envían mensajes sobre lo que debe hacer. No, pensé en todos los cursos posibles, y éste es el mejor».

Mientras se desarrollaba esta conversación, habíamos estado pasando la larga serie de puentes que cruzan el Támesis. Mientras pasábamos por la City, los últimos rayos del sol doraban la cruz sobre la cima de San Pablo. Ya amanecía antes de que llegáramos a la Torre de Londres.

«Eso es Jacobson's Yard», dijo Holmes, señalando una hilera de mástiles y jarcias en el lado de Surrey. «Navegue suavemente por aquí arriba y abajo, al amparo de esta ristra de barcazas». Sacó un par de anteojos de noche de su bolsillo y contempló un rato la orilla. «Veo a mi centinela en su puesto», comentó, «pero ni rastro de un pañuelo».

«Bajemos un poco por la corriente y les acechamos», dijo Jones, con impaciencia. A estas alturas todos estábamos ansiosos, incluso los policías y los fogoneros, que tenían una idea muy vaga de lo que se avecinaba.

«No tenemos derecho a dar nada por sentado», respondió Holmes. «Sin duda es diez a uno que van corriente abajo, pero no podemos estar seguros. Desde este punto podemos ver la entrada del astillero y ellos apenas pueden vernos a nosotros. Será una noche clara y habrá mucha luz. Debemos quedarnos donde estamos. Vea cómo la gente pulula por allí a la luz del gas».

«Vienen de trabajar en el depósito».

«Granujas de aspecto sucio, pero supongo que cada uno tiene alguna pequeña chispa inmortal oculta. Uno no lo pensaría, al mirarlos. No hay ninguna probabilidad *a priori* al respecto. Un extraño enigma es el hombre».

«Alguien lo llama "un alma oculta en un animal"», sugerí.

«Winwood Reade es bueno sobre el tema», dijo Holmes. «Observa que, mientras que el hombre individual es un rompecabezas insoluble, en el agregado se convierte en una certeza matemática. Por ejemplo, nunca se puede predecir lo que hará un solo hombre, pero se puede decir con precisión lo que hará un número medio. Los individuos varían, pero los porcentajes permanecen constantes. Eso dice el estadístico. Pero, ¿veo un pañuelo? Seguro que hay un revoloteo blanco por allí».

«Sí, es su muchacho», grité. «Puedo verlo claramente».

«Y ahí está el *Aurora*», exclamó Holmes, «¡y yendo rápido como el diablo! ¡A toda máquina, ingeniero! Vaya tras esa lancha con la luz amarilla. Por todos los cielos, ¡nunca me lo perdonaré si resulta que nos sobrepasa!».

La barca se había deslizado sin ser vista por la entrada del depósito y había pasado por detrás de dos o tres embarcaciones pequeñas, de modo que había cogido bastante velocidad antes de que la viéramos. Ahora volaba corriente abajo, cerca de la orilla, yendo a una velocidad tremenda. Jones la miró con gravedad y sacudió la cabeza.

«Es muy rápida», dijo. «Dudo que la atrapemos».

«¡*Debemos* atraparla!», gritó Holmes, entre dientes. «¡Apúrense, fogoneros! ¡Hagan todo lo posible! ¡Si quemamos el barco podremos atraparlos!».

Ahora íbamos bien tras la barca. Los hornos rugían y los potentes motores zumbaban y tintineaban, como un gran corazón metálico. Su afilada y empinada proa cortaba el agua del río y enviaba dos olas ondulantes a derecha e izquierda de nosotros. Con cada palpitar de las máquinas nos agitábamos y temblábamos como un ser vivo. Una gran linterna amarilla en nuestra proa arrojaba un largo y titilante embudo de luz frente a nosotros. Justo delante, un oscuro borrón sobre el agua mostraba dónde yacía el *Aurora*, y el remolino de espuma blanca tras él hablaba del ritmo al que avanzaba. Pasamos a toda velocidad junto a barcazas, vapores, buques mercantes, entrando y saliendo, detrás de éste y alrededor del otro. Las voces nos aclamaban desde la oscuridad, pero el *Aurora* seguía tronando y nosotros seguíamos de cerca su rastro.

«¡Apúrense, hombres, apúrense!», gritó Holmes, mirando hacia la sala de máquinas, mientras el feroz resplandor de abajo golpeaba su rostro ansioso y aquilino. «Consigan cada libra de vapor que puedan».

«Creo que avanzamos un poco», dijo Jones, con los ojos puestos en el *Aurora*.

«Estoy seguro de ello», dije. «Estaremos junto a la barca en muy pocos minutos».

Sin embargo, en ese momento, por azares del destino, un remolcador con tres barcazas a remolque se interpuso entre nosotros. Sólo bajando con fuerza el timón pudimos evitar una colisión y, antes de que pudiéramos rodearlas y recuperar el rumbo, el *Aurora* había ganado unas buenas doscientas yardas. Sin embargo, seguía bien a la vista y el turbio e incierto crepúsculo se estaba convirtiendo en una clara noche estrellada. Nuestras calderas estaban al máximo de su capacidad y el frágil casco vibraba y crujía con la feroz energía que nos impulsaba. Habíamos atravesado el Pool, pasado West India Docks, bajado por el largo Deptford Reach y vuelto a subir tras rodear la Isla de los Perros. El borrón opaco que teníamos delante se resolvía ahora con suficiente claridad en el delicado *Aurora*. Jones dirigió nuestro reflector hacia el barco, de modo que pudimos ver claramente las figuras que había sobre su cubierta. Un hombre estaba sentado junto a la popa, con algo negro entre las rodillas sobre las que se inclinaba. Junto a él yacía una masa oscura que parecía un perro de Terranova. El muchacho sostenía el timón, mientras que contra el resplandor rojo del horno pude ver al viejo Smith, desnudo hasta la cintura, y paleando carbones para salvar la vida. Puede que al principio tuvieran alguna duda sobre si realmente les perseguíamos, pero ahora que seguíamos cada serpenteo y giro que tomaban ya no podía haber ninguna duda al respecto. En Greenwich íbamos unos trescientos pasos por detrás de ellos. En Blackwall no podíamos estar a más de doscientos cincuenta. He perseguido a muchas criaturas en muchos países a lo largo de mi accidentada carrera pero nunca ese deporte me produjo una emoción tan salvaje como esta loca cacería de hombres volando por el Támesis. Con paso firme nos acercamos a ellos, yarda a yarda. En el silencio de la noche podíamos oír el jadeo y el tintineo de su maquinaria. El hombre de popa seguía agazapado sobre la cubierta y movía los brazos como si estuviera ocupado, mientras de vez en cuando levantaba la vista y medía con una mirada la distancia que aún nos separaba. Cada vez estábamos más cerca. Jones les gritó que se detuvieran. Estábamos a no más de cuatro esloras detrás de ellos, ambas embarcaciones volando a un ritmo tremendo. Era un tramo despejado del río, con Barking Level a un lado y los melancólicos Plumstead Marshes al otro. Al oír nuestra voz de alto, el hombre de popa se levantó de la cubierta y nos sacudió sus dos puños cerrados, maldiciendo al mismo tiempo con voz aguda y quebrada. Era un hombre de buen tamaño y poderoso, y mientras se mantenía en pie con las piernas a horcajadas pude ver que del muslo hacia abajo no había más que un muñón de madera en el costado derecho. Al oír sus gritos estridentes y furiosos se produjo un movimiento en el bulto acurrucado sobre la cubierta. Se enderezó hasta convertirse en un hombrecillo negro —el más pequeño que he visto nunca— con una cabeza grande y deforme y un mechón de pelo enmarañado y revuelto. Holmes ya había desenfundado su revólver y yo saqué el mío al ver a aquella criatura salvaje y deforme. Estaba envuelto en una especie de ulster o manta oscura, que sólo dejaba su rostro al descubierto; pero ese rostro era suficiente para darle a un hombre una noche de insomnio. Nunca había visto unos rasgos tan profundamente marcados con toda bestialidad y crueldad. Sus pequeños ojos brillaban y ardían con una luz sombría y sus gruesos labios se retorcían sobre sus dientes, que nos sonreían y castañeaban con una furia medio animal.

«Disparen si levanta la mano», dijo Holmes, en voz baja. Para entonces estábamos a la distancia de un bote y casi al alcance de nuestra presa. Ahora puedo verlos a los dos de pie, al hombre blanco con las piernas muy separadas, gritando maldiciones, y al enano profano con su horrible rostro y sus fuertes dientes amarillos brillando, chillones a la luz de nuestra linterna.

Era bueno que tuviéramos una visión tan clara de él. Mientras mirábamos, sacó de debajo de su cubierta un trozo de madera corto y redondo, como una regla de escuela, y se lo llevó a los labios. Nuestras pistolas sonaron a la vez. Se dio la vuelta, levantó los brazos y con una especie de tos ahogada cayó de lado en la corriente. Alcancé a ver sus ojos venenosos y amenazadores entre el blanco remolino de las aguas. En el mismo momento, el hombre de la pata de palo se lanzó sobre el timón y lo bajó con fuerza, de modo que su bote se dirigió directamente hacia la orilla sur, mientras nosotros pasábamos disparados por su popa, alejándonos de la barca sólo unos pies. Dimos la vuelta tras ella en un instante pero ya estaba casi en la orilla. Era un lugar salvaje y desolado, donde la luna brillaba sobre una amplia extensión de terreno pantanoso, con charcos de agua estancada y lechos de vegetación en descomposición. La lancha, con un ruido sordo, subió al banco de barro, con la proa al aire y la popa a ras del agua. El fugitivo salió de un salto, pero su muñón se hundió al instante en toda su longitud en el suelo empapado. En vano luchó y se retorció. No podía dar ni un paso ni hacia delante ni hacia atrás. Gritaba con rabia impotente y pataleaba frenéticamente en el barro con el otro pie, pero sus forcejeos no hacían más que hundir su clavija de madera cada vez más profundamente en la pegajosa orilla. Cuando trajimos nuestra lancha al costado, estaba tan firmemente anclado que sólo pudimos sacarlo tirando el extremo de una cuerda por encima de sus hombros y arrastrarlo, como a un pez maligno, por encima de nuestra orilla. Los dos Smith, padre e hijo, se sentaron hoscamente en su lancha, pero subieron a bordo con bastante mansedumbre cuando se les ordenó. El propio *Aurora* fue remolcado y amarrado a nuestra popa. Sobre la cubierta había un sólido cofre de hierro de fabricación india. Éste, no cabía duda, era el mismo que había contenido el malhadado tesoro de los Sholto. No tenía llave, pero era de un peso considerable, así que lo trasladamos con cuidado a nuestro pequeño camarote. Mientras remontábamos lentamente la corriente de nuevo, encendimos nuestra luz de búsqueda en todas direcciones, pero no había ni rastro del Isleño. En algún lugar del oscuro rezume del fondo del Támesis yacen los huesos de aquel extraño visitante de nuestras costas.

«Mire aquí», dijo Holmes, señalando la escotilla de madera. «No fuimos lo bastante rápidos con nuestras pistolas». Allí, efectivamente, justo detrás de donde habíamos estado parados, se clavó uno de esos dardos asesinos que tan bien conocíamos. Debió de zumbar entre nosotros en el instante en que disparamos. Holmes sonrió y se encogió de hombros a su manera fácil, pero confieso que me dio náuseas pensar en la horrible muerte que había pasado tan cerca de nosotros aquella noche.

Nuestro cautivo estaba sentado en la cabina opuesta a la caja de hierro por la que tanto había hecho y esperado. Era un tipo quemado por el sol, de ojos temerarios, con una red de líneas y arrugas por todas sus facciones caoba que hablaban de una vida dura y al aire libre. Había una singular prominencia en su barbudo mentón que marcaba a un hombre que no se desviaría fácilmente de su propósito. Su edad podía rondar los cincuenta años, pues su pelo negro y rizado estaba densamente salpicado de canas. Su rostro en reposo no era desagradable, aunque sus pesadas cejas y su agresivo mentón le daban, como yo había visto últimamente, una expresión terrible cuando se enfurecía. Ahora estaba sentado con las manos esposadas sobre el regazo y la cabeza hundida en el pecho mientras miraba con sus ojos agudos y centelleantes la caja que había sido la causa de sus males. Me pareció que había más pena que ira en su semblante rígido y contenido. Una vez me miró con un brillo de algo parecido al humor en los ojos.

«Bueno, Jonathan Small», dijo Holmes, encendiendo un puro, «siento que hayamos llegado a esto».

«Y yo también, señor», respondió, con franqueza. «No creo que pueda hacerle cambiar de opinión sobre el trabajo. Le juro sobre el libro que nunca levanté la mano contra Mr. Sholto. Fue ese pequeño sabueso del infierno, Tonga, quien le disparó uno de sus malditos dardos. Yo no tuve nada que ver, señor. Me dolió tanto como si hubiera sido mi pariente de sangre. Golpeé al pequeño demonio con el extremo flojo de la cuerda por ello, pero ya estaba hecho, y no podía ser deshecho».

«Tome un puro», dijo Holmes; «y será mejor que eche un trago de mi petaca, porque está usted muy mojado. ¿Cómo podía esperar que un hombre tan pequeño y débil como este negro dominara a Mr. Sholto y lo sujetara mientras usted trepaba por la cuerda?».

«Parece saber tanto sobre el tema como si hubiera estado allí, señor. La verdad es que esperaba encontrar la habitación despejada. Conocía bastante bien los hábitos de la casa y era la hora en que Mr. Sholto solía bajar a cenar. No ocultaré el asunto. La mejor defensa que puedo tener es la simple verdad. Ahora bien, si hubiera sido el viejo mayor me habría lanzado a por él con el corazón ligero. Él no habría pensado más en acuchillarle que en fumar este puro. Pero es malditamente duro que me metan preso por este joven Sholto, con quien nunca tuve ninguna disputa».

«Está usted a cargo de Mr. Athelney Jones, de Scotland Yard. Él va a llevarle a mis habitaciones y le pediré que me cuente la verdad sobre el asunto. Debe contarme todo el asunto, pues si lo hace espero poder serle útil. Creo que puedo probar que el veneno actúa tan rápidamente que el hombre estaba muerto antes de que usted llegara a la habitación».

«Así fue, señor. Nada en mi vida me dio tanta impresión como cuando lo vi sonriéndome con la cabeza sobre el hombro mientras yo subía por la ventana. Me hizo estremecerme mucho, señor. Casi habría matado a Tonga por ello si no se hubiera largado. Así fue como llegó a dejar su garrote, y algunos de sus dardos también, según me cuenta, lo que me atrevo a decir que ayudó a ponerle sobre nuestra pista; aunque cómo siguió en ella es más de lo que puedo decir. No siento ninguna malicia contra usted por ello. Pero sí me parece extraño —añadió con una sonrisa amarga— que yo, que tengo derecho a casi medio millón de libras, me pase la primera mitad de mi vida construyendo un rompeolas en las Andamán y me pase la otra mitad cavando desagües en Dartmoor. Fue un mal día para mí la primera vez que puse mis ojos en el mercader Achmet y tuve algo que ver con el tesoro de Agra, que nunca trajo más que una maldición aún sobre el hombre que lo poseía. Para él trajo el asesinato, para el Mayor Sholto trajo el miedo y la culpa, para mí ha significado la esclavitud de por vida».

En ese momento Athelney Jones introdujo su ancha cara y sus pesados hombros en la pequeña cabaña. «Menuda fiesta familiar», comentó. «Creo que voy a echar un trago a esa petaca, Holmes. Bueno, creo que podemos felicitarnos todos. Lástima que no cogiéramos al otro vivo; pero no había elección. Digo, Holmes, debe confesar que lo hizo bastante bien. Era todo lo que podíamos hacer para superar la barca».

«Bien está lo que bien acaba», dijo Holmes. «Pero ciertamente no sabía que el *Aurora* fuera un clíper de ese tipo».

«Smith dice que es una de las lanchas más rápidas del río y que si hubiera tenido a otro hombre que le ayudara con los motores nunca la habrían atrapado. Jura que no sabía nada de este asunto de Norwood».

«Tampoco él», gritó nuestro prisionero, «ni una palabra. Elegí su lancha porque había oído que era tan rápida que volaba. No le dijimos nada, pero le pagamos bien, y él iba a recibir algo atractivo si llegábamos a nuestro barco, el *Esmeralda*, en Gravesend, con destino a Brasil».

«Bueno, si no ha hecho nada malo nos encargaremos de que no le pase nada malo. Si bien somos bastante rápidos en capturar a nuestros hombres no lo somos tanto en condenarlos». Era divertido observar cómo el consecuente Jones empezaba ya a darse aires de grandeza por la captura. Por la leve sonrisa que dibujó el rostro de Sherlock Holmes pude ver que el discurso no se le había escapado.

«Estaremos en Vauxhall Bridge en breve», dijo Jones, «y le desembarcaremos a usted, Dr. Watson, con la caja del tesoro. No hace falta que le diga que estoy asumiendo una responsabilidad muy grave al hacer esto. Es de lo más irregular; pero, por supuesto, un acuerdo es un acuerdo. Debo, sin embargo, como una cuestión de deber, enviar a un inspector con usted, ya que tiene una carga tan valiosa. Usted irá en conche, sin duda».

«Sí, así es».

«Es una lástima que no haya llave, así podríamos hacer un inventario primero. Tendrá que abrirla. ¿Dónde está la llave, mi hombre?».

«En el fondo del río», dijo Small, brevemente.

«¡Hum! No tenía sentido que nos diera esta molestia innecesaria. Ya hemos tenido bastante trabajo gracias a usted. Sin embargo, doctor, no necesito advertirle que tenga cuidado. Lleve la caja con usted a las habitaciones de Baker Street. Nos encontrará allí, de camino a la estación».

Me desembarcaron en Vauxhall, con mi pesada caja de hierro, y con un inspector fanfarrón y genial como acompañante. Un cuarto de hora de camino nos llevó a casa de Mrs. Cecil Forrester. El criado parecía sorprendido ante una visita tan tardía. Mrs. Cecil Forrester había salido por la noche, me explicó, y era probable que llegara muy tarde. Miss Morstan, sin embargo, estaba en el salón: así que al salón me dirigí, caja en mano, dejando al servicial inspector en el taxi.

Ella estaba sentada junto a la ventana abierta, vestida con algún tipo de material diáfano blanco, con un pequeño toque de escarlata en el cuello y la cintura. La suave luz de una lámpara sombreada caía sobre ella mientras se reclinaba en la silla de cesto, jugando sobre su rostro dulce y grave, y tiñendo con un brillo sordo y metálico los ricos bucles de su frondosa cabellera. Un brazo y una mano blancos caían sobre el costado de la silla, y toda su pose y su figura hablaban de una melancolía absorbente. Sin embargo, al oír el ruido de mi pisada, se puso en pie de un salto y un brillante rubor de sorpresa y de placer coloreó sus pálidas mejillas.

«Oí llegar un taxi», dijo. «Pensé que Mrs. Forrester había vuelto muy temprano, pero nunca soñé que pudiera ser usted. ¿Qué noticias me trae?».

«He traído algo mejor que una noticia», dije, dejando la caja sobre la mesa y hablando jovial y bulliciosamente, aunque mi corazón estaba apesadumbrado en mi interior. «Le he traído algo que vale todas las noticias del mundo. Le he traído una fortuna».

Ella miró la caja de hierro. «¿Es ése el tesoro, entonces?», preguntó con frialdad.

«Sí, este es el gran tesoro de Agra. La mitad es suya y la otra mitad de Thaddeus Sholto. Tendrán un par de cientos de miles cada uno. ¡Piense en eso! Una renta vitalicia de diez mil libras. Habrá pocas jóvenes más ricas en Inglaterra. ¿No es glorioso?».

Creo que debí de estar exagerando mi alegría y que ella detectó un timbre hueco en mis felicitaciones, porque vi que sus cejas se alzaban un poco y me miraba con curiosidad.

«Si lo tengo», dijo ella, «se lo debo a usted».

«No, no», respondí, «no a mí, sino a mi amigo Sherlock Holmes. Con toda la voluntad del mundo, nunca habría podido seguir una pista que ha puesto a prueba incluso su genio analítico. Así las cosas, estuvimos a punto de perderlo a último momento».

«Por favor, siéntese y cuéntemelo todo, Dr. Watson», dijo ella.

Le narré brevemente lo que había ocurrido desde la última vez que la había visto: el nuevo método de investigación de Holmes, el descubrimiento del *Aurora*, la aparición de Athelney Jones, nuestra expedición al atardecer y la salvaje persecución por el Támesis. Ella escuchó con los labios entreabiertos y los ojos brillantes el relato de nuestras aventuras. Cuando hablé del dardo que por poco nos había dado, se puso tan blanca que temí que estuviera a punto de desmayarse.

«No es nada», dijo ella, mientras yo me apresuraba a servirle un poco de agua. «Ya estoy bien. Fue un shock para mí oír que había puesto a mis amigos en un peligro tan horrible».

«Eso ya pasó», respondí. «No fue nada. No le contaré más detalles sombríos. Pasemos a algo más brillante. Ahí está el tesoro. ¿Qué podría ser más brillante que eso? Conseguí permiso para traerlo conmigo, pensando que le interesaría ser la primera en verlo».

«Sería del mayor interés para mí», dijo ella. Sin embargo, no había entusiasmo en su voz. Se había dado cuenta, sin duda, que podría parecer descortés por su parte mostrarse indiferente ante un premio que tanto había costado ganar.

«¡Qué caja tan bonita!», dijo, inclinándose sobre ella. «¿Es obra india, supongo?».

«Sí; es metalistería de Benarés».

«¡Y tan pesada!», exclamó, intentando levantarla. «Sólo la caja debe tener algún valor. ¿Dónde está la llave?».

«Small la tiró al Támesis», respondí. «Debo tomar prestado el atizador de Mrs. Forrester». Había en la parte delantera una aldaba gruesa y ancha, forjada con la imagen de un Buda sentado. Bajo ella introduje el extremo del atizador y lo giré hacia fuera como si fuera una palanca. La aldaba se abrió con un fuerte chasquido. Con dedos temblorosos eché hacia atrás la tapa. Ambos nos quedamos mirando atónitos. ¡La caja estaba vacía!

No es de extrañar que fuera pesada. El herraje tenía dos tercios de pulgada de grosor en todo su contorno. Era macizo, bien hecho y sólido, como un cofre construido para transportar cosas de gran precio, pero en su interior no había ni una brizna ni una migaja de metal o joya. Estaba absoluta y completamente vacío.

«El tesoro está perdido», dijo Miss Morstan, con calma.

Al escuchar las palabras y darme cuenta de lo que significaban, una gran sombra pareció alejarse de mi alma. No sabía cómo la había lastrado este tesoro de Agra, hasta ahora, que por fin el peso había sido quitado. Era egoísta, sin duda, desleal, equivocado, pero no podía darme cuenta de nada salvo de que la barrera dorada había desaparecido de entre nosotros. «¡Gracias a Dios!», exclamé, desde lo más profundo de mi corazón.

Ella me miró con una sonrisa rápida e interrogante. «¿Por qué dice eso?», me preguntó.

«Porque usted vuelve a estar a mi alcance», le dije, cogiéndole la mano. Ella no la retiró. «Porque te amo, Mary, tan verdaderamente como nunca un hombre amó a una mujer. Porque este tesoro, estas riquezas, sellaron mis labios. Ahora que se han ido puedo decirte cómo te amo. Por eso dije: "Gracias a Dios"».

«Entonces yo también digo: "Gracias a Dios"», susurró ella, mientras la atraía a mi lado. Quienquiera que sea que había perdido un tesoro, aquella noche yo supe que había ganado uno.

Un hombre muy paciente era aquel inspector en el taxi, pues pasó un tiempo agotador antes de que me reuniera con él. Su rostro se nubló cuando le mostré la caja vacía.

«¡Ahí va la recompensa!», dijo, sombrío. «Donde no hay dinero no hay paga. El trabajo de esta noche habría valido diez libras cada uno, para Sam Brown y para mí, si el tesoro hubiera estado allí».

«Mr. Thaddeus Sholto es un hombre rico», le dije. «Él se encargará de que usted sea recompensado, con tesoro o sin él».

Sin embargo, el inspector sacudió la cabeza con desaliento. «Es un mal trabajo», repitió; «y así lo pensará el Mr. Athelney Jones».

Su pronóstico resultó acertado, pues el detective parecía bastante inexpresivo cuando llegué a Baker Street y le mostré la caja vacía. Acababan de llegar, Holmes, el prisionero y él, pues habían cambiado sus planes y se habían presentado en una estación de camino. Mi compañero estaba recostado en su sillón con su habitual expresión lánguida, mientras Small se sentaba impasible frente a él con la pata de palo ladeada sobre la sana. Cuando le mostré la caja vacía se echó hacia atrás en su silla y se rió en voz alta.

«Esto es obra suya, Small», dijo Athelney Jones, enfadado.

«Sí, la he puesto donde nunca le pondrá la mano encima», gritó, exultante. «Es mi tesoro; y si no puedo quedarme con el botín tendré mucho cuidado de que nadie más lo haga. Le digo que ningún hombre vivo tiene derecho a él, a menos que se trate de tres hombres que están en los barracones de convictos de Andamán y yo mismo. Ahora sé que no puedo hacer uso de ella, y sé que ellos tampoco. He actuado en todo momento tanto por ellos como por mí mismo. Nosotros siempre hemos respetado el signo de los cuatro. Bien sé que me habrían hecho hacer exactamente lo que he hecho, y arrojar el tesoro al Támesis antes que dejarlo ir a parientes de Sholto o de Morstan. No fue para hacerlos ricos lo que hicimos por Achmet. Encontrarán el tesoro donde está la llave, y donde está el pequeño Tonga. Cuando vi que su lancha debía atraparnos guardé el botín en un lugar seguro. No hay rupias para usted en este viaje».

«Nos está engañando, Small», dijo Athelney Jones, severamente. «Si hubiera querido arrojar el tesoro al Támesis le habría sido más fácil haberlo tirado con caja y todo».

«Más fácil de lanzar para mí y más fácil de recuperar para usted», respondió, con una mirada sagaz y de reojo. «El hombre que fue lo bastante listo como para cazarme es lo bastante listo como para recoger una caja de hierro del fondo de un río. Ahora que los contenidos están esparcidos a lo largo de cinco millas más o menos, puede que sea un trabajo más difícil. Sin embargo, me dolió hasta el corazón hacerlo. Estaba medio enfadado cuando se nos ocurrió. Sin embargo, no es bueno lamentarse por ello. He tenido altibajos en mi vida, pero he aprendido a no llorar sobre la leche derramada».

«Este es un asunto muy serio, Small», dijo el detective. «Si hubiera ayudado a la justicia, en lugar de frustrarla de esta manera, habría tenido más posibilidades en su juicio».

«¡Justicia!», gruñó el ex convicto. «¡Bonita justicia! ¿De quién es este botín, si no es nuestro? ¿Dónde está la justicia en que yo entregue el botín a quien nunca se lo ha ganado? ¡Mire cómo me lo he ganado! Veinte largos años en ese pantano asolado por la fiebre, todo el día trabajando bajo el manglar, toda la noche encadenado en las sucias chozas de los convictos, picado por los mosquitos, atormentado por la agonía, intimidado por cada maldito policía con cara de negro al que le encantaba agarrárselas con un hombre blanco. Así fue como me gané el tesoro de Agra; ¡y usted me habla de justicia porque no soporto sentir que he pagado este precio sólo para que otro pueda disfrutarlo! Preferiría que me cuelguen una veintena de veces, o que me clavaran uno de los dardos de Tonga en el pellejo, antes que vivir en la celda de un convicto y sentir que otro hombre está a sus anchas en un palacio con el dinero que debería ser mío». Small había dejado caer su máscara de estoicismo y todo esto salió en un salvaje torbellino de palabras, mientras sus ojos ardían y las esposas tintineaban con el movimiento apasionado de sus manos. Pude comprender, al ver la furia y la pasión del hombre, que no era un terror infundado o antinatural el que se había apoderado del Mayor Sholto cuando supo por primera vez que el convicto herido le seguía la pista.

«Olvida que no sabemos nada de todo esto», dijo Holmes en voz baja. «No hemos oído su historia y no podemos saber hasta qué punto la justicia puede haber estado originalmente de su lado».

«Bueno, señor, usted ha sido muy justo conmigo, aunque puedo ver que tengo que agradecerle que tenga estos brazaletes en mis muñecas. Aun así, no le guardo rencor por ello. Todo es justo y correcto. Si quiere oír mi historia no tengo ningún deseo de ocultársela. Lo que le digo es la verdad de Dios, cada palabra de ella. Gracias; puede poner el vaso a mi lado aquí, y pondré mis labios en él si están secos.

«Yo mismo soy un hombre de Worcestershire, nacido cerca de Pershore. Me atrevería a decir que encontraría un montón de Small viviendo allí ahora si se pusiera a buscar. A menudo he pensado en echar un vistazo por allí, pero la verdad es que nunca tuve mucho valor para mi familia, y dudo que se alegraran mucho de verme. Eran todos gente fiel, que iban a la capilla, pequeños granjeros, conocidos y respetados en el campo, mientras que yo siempre fui un poco vagabundo. Al final, sin embargo, cuando tenía unos dieciocho años, ya no les di más problemas, porque me metí en un lío por una muchacha, y sólo pude salir de él otra vez cogiendo el chelín que daba la Reina y alistándome en el 3º de Buffs, que acababa de partir para la India.

«Sin embargo, no estaba destinado a hacer mucho como soldado. Acababa de lograr hacer el paso de ganso y de aprender a manejar mi mosquete cuando fui lo bastante tonto como para ir a nadar al Ganges. Por suerte para mí, el sargento de mi compañía, John Holder, estaba en el agua al mismo tiempo, y era uno de los mejores nadadores del servicio. Un cocodrilo me atrapó, justo cuando estaba a medio camino, y me arrancó la pierna derecha tan limpiamente como podría haberlo hecho un cirujano, justo por encima de la rodilla. Con el shock y la pérdida de sangre, me desmayé y me habría ahogado si Holder no me hubiera agarrado y remolcado hacia la orilla. Estuve cinco meses en el hospital por ello, y cuando por fin pude salir cojeando con este miembro de madera atado a mi muñón me encontré invalidado para el ejército e incapacitado para cualquier ocupación activa.

«Yo estaba, como puede imaginarse, bastante deprimido por mi suerte en aquel momento, ya que era un tullido inútil aunque aún no había cumplido los veinte años. Sin embargo, mi desgracia pronto resultó ser una bendición disfrazada. Un hombre llamado Abel White, que había llegado allí como plantador de índigo, quería un capataz que cuidara de sus culíes y los mantuviera al día en su trabajo. Resulta que era amigo de nuestro coronel, que se había interesado por mí desde el accidente. Para abreviar la historia, el coronel me recomendó con creces para el puesto y, como el trabajo debía hacerse sobre todo a caballo, mi pierna no era un gran obstáculo, pues me quedaba suficiente rodilla para mantenerme bien agarrado a la silla. Lo que tenía que hacer era cabalgar por la plantación, vigilar a los hombres mientras trabajaban y denunciar a los holgazanes. La paga era justa, tenía alojamientos cómodos y, en conjunto, me conformaba con pasar el resto de mi vida en la plantación de índigo. Mr. Abel White era un hombre amable y a menudo me visitaba en mi pequeña casucha y fumaba una pipa conmigo, pues a los blancos allí se les entibia el corazón como nunca sucede aquí en casa.

«Bueno, nunca estuve mucho tiempo en el camino de la suerte. De repente, sin previo aviso, estalló sobre nosotros el gran motín. Un mes la India yacía tan quieta y pacífica, en toda apariencia, como Surrey o Kent; al siguiente había doscientos mil diablos negros sueltos y el país era un perfecto infierno. Por supuesto que ustedes lo saben todo, caballeros, mucho más que yo, ya que la lectura no es lo mío. Sólo sé lo que vi con mis propios ojos. Nuestra plantación estaba en un lugar llamado Muttra, cerca de la frontera de las Provincias del Noroeste. Noche tras noche todo el cielo se iluminaba con los bungalows en llamas, y día tras día pasaban por nuestra finca pequeñas compañías de europeos con sus esposas e hijos, camino de Agra, donde estaban las tropas más cercanas. Mr. Abel White era un hombre obstinado. Tenía en la cabeza que el asunto había sido exagerado y que se esfumaría tan repentinamente como había surgido. Allí estaba sentado en su veranda, bebiendo whisky y fumando cheroots, mientras el país ardía a su alrededor. Por supuesto, nos quedamos a su lado, yo y Dawson, quien, con su esposa, solía encargarse de la contabilidad y la gestión. Pues bien, un buen día llegó la catástrofe. Yo había estado fuera, en una plantación lejana, y volvía a casa cabalgando despacio al atardecer, cuando mi vista se posó en algo que se apiñaba en el fondo de un nullah escarpado. Bajé a caballo para ver qué era y el frío me atravesó el corazón cuando descubrí que se trataba de la esposa de Dawson, toda cortada en tiras y devorada a medias por los chacales y los perros nativos. Un poco más arriba, el propio Dawson yacía de bruces, completamente muerto, con un revólver vacío en la mano y cuatro cipayos tendidos uno frente al otro. Detuve mi caballo, preguntándome en qué dirección debía ir, pero en ese momento vi el espeso humo que salía del bungalow de Abel White y las llamas que empezaban a atravesar el tejado. Supe entonces que no podía hacer ningún bien a mi patrón, sino que sólo echaría a perder mi propia vida si me entrometía en el asunto. Desde donde estaba podía ver a cientos de los desalmados negros, con sus chaquetas rojas aún a la espalda, bailando y aullando alrededor de la casa en llamas. Algunos de ellos me apuntaron, y un par de balas pasaron silbando junto a mi cabeza; así que me escapé a través de los arrozales, y me encontré a altas horas de la noche a salvo dentro de las murallas de Agra.

«Sin embargo, como se demostró, allí tampoco había mucha seguridad. Todo el país estaba en pie como un enjambre de abejas. Allí donde los ingleses podían agruparse en pequeñas bandas, mantenían el terreno que sus cañones dominaban. En todos los demás lugares eran fugitivos indefensos. Fue una lucha de millones contra cientos; y lo más cruel fue que estos hombres contra los que luchamos, a pie, a caballo y artilleros, eran nuestras propias tropas escogidas, a las que habíamos enseñado y entrenado, manejaban nuestras propias armas y daban nuestros propios toques de corneta. En Agra estaba el 3º de Fusileros de Bengala, algunos sijs, dos tropas de a caballo y una batería de artillería. Se había formado un cuerpo voluntario de oficinistas y comerciantes, al que me uní, con pata de palo y todo. Salimos al encuentro de los rebeldes en Shahgunge a principios de julio, y los hicimos retroceder durante un tiempo, pero nuestra pólvora se agotó y tuvimos que retroceder hacia la ciudad.

«Sólo nos llegaban las peores noticias de todas partes, lo cual no es de extrañar, pues si miran el mapa verán que estábamos justo en el corazón de todo. Lucknow está a más de cien millas al este, y Cawnpore aproximadamente a la misma distancia hacia el sur. Desde cualquier punto de la brújula no había más que torturas, asesinatos y ultrajes.

«La ciudad de Agra es un gran lugar, plagado de fanáticos y feroces adoradores del diablo de todo tipo. Nuestro puñado de hombres se perdió entre las estrechas y tortuosas calles. Por ello, nuestro jefe se trasladó al otro lado del río y tomó posiciones en el viejo fuerte de Agra. No sé si alguno de ustedes, caballeros, ha leído u oído hablar alguna vez de ese viejo fuerte. Es un lugar muy extraño, el más extraño en el que he estado, y he estado en varios rincones. En primer lugar, es enorme en tamaño. Me parece que el recinto debe de tener acres y acres. Hay una parte moderna, que acogió a toda nuestra guarnición, mujeres, niños, tiendas y todo lo demás, con mucho espacio de sobra. Pero la parte moderna no tiene nada que ver con el tamaño del barrio antiguo, al que no va nadie y que está entregado a los escorpiones y los ciempiés. Está todo lleno de grandes salones desiertos y pasadizos sinuosos y largos corredores que se retuercen dentro y fuera, de modo que es bastante fácil para la gente perderse en él. Por esta razón rara vez alguien entraba en ella, aunque de vez en cuando un grupo con antorchas podía ir a explorarla.

«El río baña la parte delantera del viejo fuerte, y así lo protege, pero a los lados y detrás hay muchas puertas, y había que vigilarlas, por supuesto, tanto en el casco antiguo como en el que estaba realmente en poder de nuestras tropas. Estábamos escasos de personal, con apenas hombres suficientes para ocupar los ángulos del edificio y para alimentar los cañones. Nos era imposible, por tanto, apostar una guardia fuerte en cada una de las innumerables puertas. Lo que hicimos fue organizar una caseta de guardia central en medio del fuerte y dejar cada puerta a cargo de un hombre blanco y dos o tres nativos. Yo fui seleccionado para encargarme durante ciertas horas de la noche de una pequeña puerta aislada en el lado suroeste del edificio. Pusieron bajo mi mando a dos soldados sijs y me dieron instrucciones de que, si algo iba mal, disparara mi mosquete, pues podía confiar en que la ayuda llegaría enseguida de la guardia central. Sin embargo, como la guardia estaba a unos buenos doscientos pasos de distancia, y como el espacio intermedio estaba cortado en un laberinto de pasadizos y corredores, tenía grandes dudas de que pudieran llegar a tiempo para ser de alguna utilidad en caso de un ataque real.

«Bueno, me sentí bastante orgulloso de que me dieran este pequeño mando, ya que era un recluta novato, y además con una sola pierna. Durante dos noches hice la guardia con mis punyabíes. Eran tipos altos y de aspecto fiero, Mahomet Singh y Abdullah Khan se llamaban, ambos viejos combatientes que habían empuñado las armas contra nosotros en Chilian-wallah. Hablaban inglés bastante bien, pero apenas pude sonsacarles nada. Preferían permanecer juntos y parlotear toda la noche en su extraña jerga sij. En cuanto a mí, solía quedarme de pie frente a la puerta, mirando hacia el ancho y sinuoso río y hacia las centelleantes luces de la gran ciudad. El redoble de los tambores, el traqueteo de los tomtoms y los gritos y aullidos de los rebeldes, ebrios de opio y de explosión, bastaban para recordarnos toda la noche a nuestros peligrosos vecinos del otro lado del arroyo. Cada dos horas el oficial de noche solía pasar por todos los puestos para asegurarse de que todo iba bien.

«La tercera noche de mi guardia fue oscura y sucia, con una pequeña lluvia torrencial. Fue un trabajo lúgubre estar de pie en la pasarela hora tras hora con semejante tiempo. Intenté una y otra vez hacer hablar a mis sijs, pero sin mucho éxito. A las dos de la mañana pasaron las rondas y rompieron por un momento el cansancio de la noche. Al ver que mis compañeros no se dejaban llevar por la conversación, saqué mi pipa y dejé el mosquete para encender la cerilla. En un instante los dos sijs estaban sobre mí. Uno de ellos me arrebató el fusil y me lo apuntó a la cabeza, mientras el otro me acercaba un gran cuchillo a la garganta y juraba entre dientes que me lo clavaría si me movía un paso.

«Mi primer pensamiento fue que esos tipos estaban aliados con los rebeldes y que aquello era el comienzo de un asalto. Si nuestra puerta estaba en manos de los cipayos el lugar debía caer, y las mujeres y los niños ser tratados como lo fueron en Cawnpore. Tal vez ustedes, caballeros, piensen que sólo me estoy inventando un caso, pero les doy mi palabra de que cuando pensé en eso, aunque sentía la punta del cuchillo en mi garganta, abrí la boca con la intención de dar un grito, aunque fuera el último, que pudiera alarmar a la guardia principal. El hombre que me sujetaba parecía conocer mis pensamientos, pues, mientras me preparaba para ello, me susurró: "No haga ruido. El fuerte está lo suficientemente seguro. No hay perros rebeldes de este lado del río". Escuché el timbre de la verdad en lo que dijo, y supe que si levantaba la voz era hombre muerto. Podía leerlo en los ojos marrones del tipo. Esperé, pues, en silencio, a ver qué era lo que querían de mí.

«"Escúcheme, Sahib", dijo el más alto y feroz de los dos, al que llamaban Abdullah Khan. "Debe estar con nosotros ahora o debe ser silenciado para siempre. La cosa es demasiado grande para que vacilemos. O está con nosotros en cuerpo y alma por su juramento sobre la cruz de los cristianos, o su cuerpo esta noche será arrojado a la zanja y nos pasaremos a nuestros hermanos del ejército rebelde. No hay camino intermedio. ¿Qué será, la muerte o la vida? Sólo podemos darle tres minutos para decidir, pues el tiempo pasa y todo debe hacerse antes de que vuelvan las rondas".

«"¿Cómo puedo decidir?", le dije. "No me ha dicho lo que quiere de mí. Pero le digo ahora que si es algo contra la seguridad del fuerte no tendré nada que ver con ello, así que puede llevarse a casa su cuchillo y adiós".

«"No es nada contra el fuerte", dijo él. "Sólo le pedimos que haga aquello por lo que sus compatriotas vienen a esta tierra. Le pedimos que sea rico. Si es uno de nosotros esta noche, le juraremos sobre el cuchillo desnudo, y por el triple juramento que ningún sij ha roto jamás, que tendrá su parte justa del botín. Una cuarta parte del tesoro será suya. No podemos decir nada más justo".

«"¿Pero, cuál es el tesoro, entonces?", pregunté. "Estoy tan dispuesto a ser rico como usted puede estarlo, si tan sólo me muestra cómo puede hacerse".

«"¿Jurará, entonces", dijo, "por los huesos de su padre, por el honor de su madre, por la cruz de su fe, no levantar la mano ni decir palabra alguna contra nosotros, ni ahora ni después?".

«"Lo juraré", respondí, "siempre que el fuerte no corra peligro".

«"Entonces mi camarada y yo juraremos que usted dispondrá de una cuarta parte del tesoro que se dividirá a partes iguales entre los cuatro".

«"Sólo somos tres", dije.

«"No; Dost Akbar debe tener su parte. Podemos contarle la historia mientras los esperamos. Quédese en la puerta, Mahomet Singh, y avise de su llegada. La cosa está así, Sahib, y se la cuento porque sé que un juramento es vinculante para un Feringhee, y que podemos confiar en usted. Si hubiera sido un hindú mentiroso, aunque hubiera jurado por todos los dioses en sus falsos templos, su sangre habría estado sobre el cuchillo y su cuerpo en el agua. Pero el sij conoce al inglés, y el inglés conoce al sij. Escuche, pues, lo que tengo que decirle.

«"Hay un rajá en las provincias del norte que tiene mucha riqueza, aunque sus tierras son pequeñas. Mucho le ha llegado de su padre, y más aún ha puesto él mismo, pues es de naturaleza baja y atesora su oro antes que gastarlo. Cuando estallaron los problemas era amigo tanto del león como del tigre, del cipayo como del Raj de la Compañía. Pronto, sin embargo, le pareció que había llegado el día de los hombres blancos, pues por toda la tierra no oía hablar más que de su muerte y su derrocamiento. Sin embargo, como era un hombre precavido, hizo planes para que, pasara lo que pasara, le quedara al menos la mitad de su tesoro. Lo que había en oro y plata lo guardó junto a él en las bóvedas de su palacio, pero las piedras más preciosas y las perlas más selectas que tenía las puso en una caja de hierro y las envió por medio de un criado de confianza que, bajo la apariencia de un mercader, las llevara al fuerte de Agra, para que allí reposaran hasta que la tierra estuviera en paz. De este modo, si ganaban los rebeldes tendría su dinero, pero si vencía la Compañía sus joyas le serían salvadas. Habiendo dividido así su tesoro, se lanzó a la causa de los cipayos, ya que eran fuertes en sus fronteras. Al hacer esto, fíjese, Sahib, su propiedad se convierte en derecho de aquellos que han sido fieles a su sal.

«"Este pretendido mercader, que viaja bajo el nombre de Achmet, se encuentra ahora en la ciudad de Agra y desea entrar en el fuerte. Tiene con él como compañero de viaje a mi hermano adoptivo Dost Akbar, que conoce su secreto. Dost Akbar ha prometido esta noche conducirle a un poste lateral del fuerte, y ha elegido éste para su propósito. Aquí llegará en seguida, y aquí nos encontrará a Mahomet Singh y a mí esperándole. El lugar es solitario y nadie sabrá de su llegada. El mundo no sabrá más del mercader Achmet, pero el gran tesoro del rajá se repartirá entre nosotros. ¿Qué dice a eso, Sahib?".

«En Worcestershire la vida de un hombre parece algo grande y sagrado; pero es muy diferente cuando hay fuego y sangre alrededor de uno y uno ha estado acostumbrado a encontrarse con la muerte a cada paso. Que Achmet el mercader viviera o muriera era una cosa tan ligera como el aire para mí, pero al hablar del tesoro mi corazón se volvió hacia él, y pensé en lo que podría hacer en el viejo país con él, y en cómo se quedarían mirando mis gentes cuando vieran a su "bueno para nada" volver con los bolsillos llenos de moidores de oro. Por lo tanto, ya me había decidido. Sin embargo, Abdullah Khan, pensando que dudaba, insistió más en el asunto.

«"Considere, Sahib", dijo él, "que si este hombre es tomado por el comandante será colgado o fusilado, y sus joyas tomadas por el gobierno, de modo que ningún hombre tendrá una rupia más por ello. Ahora bien, ya que nosotros nos encargamos de apresarlo, ¿por qué no vamos a encargarnos también del resto? Las joyas estarán tan bien con nosotros como en las arcas de la Compañía. Habrá suficiente para hacer de cada uno de nosotros hombres ricos y grandes jefes. Nadie puede enterarse del asunto, pues aquí estamos aislados de todos los hombres. ¿Qué podría ser mejor para el propósito? Diga de nuevo, entonces, Sahib, si está con nosotros, o si debemos considerarle como un enemigo".

«"Estoy con ustedes en cuerpo y alma", le dije.

«"Está bien", respondió, devolviéndome mi fusil. "Ya ve que confiamos en usted, pues su palabra, como la nuestra, no se rompe. Ahora sólo nos queda esperar a mi hermano y al mercader".

«"¿Sabe su hermano, entonces, lo que va a hacer?", le pregunté.

«"El plan es suyo. Él lo ha ideado. Iremos a la puerta y compartiremos la guardia con Mahomet Singh".

«La lluvia seguía cayendo sin cesar, pues apenas era el comienzo de la estación lluviosa. Unas nubes marrones y pesadas surcaban el cielo, y era difícil ver algo más que un pedregal. Delante de nuestra puerta había un profundo foso, pero el agua estaba casi seca en algunos lugares y se podía cruzar fácilmente. Me resultaba extraño estar allí de pie con aquellos dos punyabíes salvajes esperando al hombre que se acercaba a su muerte.

«De repente, mi vista captó el destello de una linterna sombreada al otro lado del foso. Desapareció entre los montículos y luego apareció de nuevo viniendo lentamente en nuestra dirección.

«"¡Aquí están!", exclamé.

«"Le dará la voz de alto, Sahib, como siempre", susurró Abdullah. "No le dé motivos para temer. Envíenos con él y nosotros haremos el resto mientras usted permanece aquí de guardia. Tenga preparado el farol para iluminarlo, así estaremos seguros de que se trata realmente de él".

«La luz había parpadeado, ahora deteniéndose y ahora avanzando, hasta que pude ver dos figuras oscuras al otro lado del foso. Dejé que bajaran por la orilla inclinada, chapotearan en el fango y subieran hasta la mitad de la puerta, antes de dar la voz de alto.

«"¿Quién va allí?", dije yo, con voz apagada.

«"Amigos", fue la respuesta. Destapé mi linterna y arrojé un torrente de luz sobre ellos. El primero era un enorme sij, con una barba negra que le llegaba casi hasta la faja. Fuera de en un espectáculo nunca había visto un hombre tan alto. El otro era un tipo pequeño, gordo y redondo, con un gran turbante amarillo y un fardo en la mano, envuelto en un chal. Parecía estar todo tembloroso de miedo, pues sus manos se crispaban como si estuviera en agonía, y su cabeza no dejaba de girar a izquierda y derecha con dos ojillos brillantes y centelleantes, como un ratón cuando se aventura a salir de su madriguera. Me dio escalofríos pensar en matarlo, pero pensé en el tesoro y mi corazón se endureció como un pedernal en mi interior. Cuando vio mi cara blanca dio un pequeño chirrido de alegría y vino corriendo hacia mí.

«"Su protección, Sahib", jadeó, "su protección para el infeliz mercader Achmet. He viajado a través de Rajpootana para buscar el refugio del fuerte de Agra. Me han robado, golpeado y maltratado porque he sido amigo de la Compañía. Es una noche bendita esta en la que vuelvo a estar a salvo, yo y mis pobres posesiones".

«"¿Qué lleva en el fardo?", le pregunté.

«"Una caja de hierro", respondió, "que contiene uno o dos pequeños asuntos familiares que no tienen valor para otros, pero que lamentaría perder. Sin embargo, no soy un mendigo; y le recompensaré, joven Sahib, y también a su jefe, si me da el cobijo que pido".

«No podía confiar en mí mismo para hablar más tiempo con el hombre. Cuanto más miraba su rostro gordo y asustado, más me parecía que debíamos matarlo a sangre fría. Era mejor acabar con él.

«"Llévenlo a la guardia principal", dije. Los dos sijs lo rodearon por cada lado, y el gigante caminó detrás, mientras ellos entraban por la oscura puerta. Nunca un hombre estuvo tan rodeado de muerte. Permanecí en la puerta con la linterna.

«Podía oír el ruido acompasado de sus pisadas resonando por los solitarios corredores. De pronto cesó, y oí voces, y una refriega, con ruido de golpes. Un momento después llegó, para mi horror, una carrera de pasos en mi dirección, con la fuerte respiración de un hombre que corría. Giré mi linterna por el largo y recto pasadizo, y allí estaba el hombre gordo, corriendo como el viento, con una mancha de sangre en la cara, y pisándole los talones, saltando como un tigre, el gran sij de barba negra, con un cuchillo relampagueando en la mano. Nunca he visto a un hombre correr tan rápido como aquel pequeño mercader. Estaba ganando terreno al sij, y pude ver que si me adelantaba y salía al aire libre se salvaría todavía. Mi corazón se ablandó hacia él, pero de nuevo el pensamiento de su tesoro me volvió duro y amargo. Lancé mi fusil entre sus piernas mientras pasaba corriendo, y rodó dos veces como un conejo abatido. Antes de que pudiera ponerse en pie tambaleándose, el sij estaba sobre él y le enterró dos veces el cuchillo en el costado. El hombre no emitió un gemido ni movió un músculo, sino que quedó tendido donde había caído. Creo que pudo romperse el cuello con la caída. Ya ven, caballeros, que estoy cumpliendo mi promesa. Les estoy contando cada paso del negocio exactamente como sucedió, tanto si es a mi favor como si no».

Se detuvo y extendió las manos maniatadas para tomar el whisky con agua que Holmes le había preparado. Por mi parte, confieso que ahora había concebido un horror aún mayor hacia aquel hombre, no sólo por este asunto a sangre fría en el que se había visto envuelto, sino aún más por la forma un tanto frívola y descuidada en que lo narró. Fuera cual fuese el castigo que le esperaba, sentí que no podía esperar compasión alguna de mi parte. Sherlock Holmes y Jones estaban sentados con las manos sobre las rodillas, profundamente interesados en la historia, pero con el mismo disgusto escrito en sus rostros. Es posible que él lo observara, porque había un toque de desafío en su voz y en sus modales mientras proseguía.

«Todo fue muy malo, sin duda», dijo. «Me gustaría saber cuántos tipos en mi lugar habrían rechazado una parte de este botín cuando sabían que les cortarían el cuello por sus penas. Además, era mi vida o la suya cuando una estuviera en el fuerte. Si se hubiera ido, todo el asunto habría salido a la luz, y yo habría sido juzgado en consejo de guerra y fusilado con toda probabilidad; porque la gente no era muy indulgente en una época como aquella».

«Continúe con su historia», dijo Holmes, brevemente.

«Bueno, lo llevamos dentro, Abdullah, Akbar y yo. Era bastante pesado, además, a pesar de ser tan bajito. Mahomet Singh se quedó haciendo guarda en la puerta. Lo llevamos a un lugar que los sijs ya habían preparado. Estaba a cierta distancia, donde un pasadizo serpenteante conducía a una gran sala vacía, cuyas paredes de ladrillo se estaban desmoronando. El suelo de tierra se había hundido en un lugar, formando una tumba natural, así que dejamos allí a Achmet, el mercader, habiéndolo cubierto primero con ladrillos sueltos. Hecho esto, volvimos todos al tesoro.

«Yacía donde se le había caído cuando fue atacado por primera vez. La caja era la misma que ahora yace abierta sobre su mesa. Una llave estaba colgada con un cordón de seda a ese asa tallada de la parte superior. La abrimos y la luz de la linterna brilló sobre una colección de gemas como las que he leído y en las que he pensado cuando era un chiquillo en Pershore. Era cegador contemplarlas. Cuando nos hubimos deleitado la vista las sacamos todas e hicimos una lista de ellas. Había ciento cuarenta y tres diamantes de primera agua, incluido uno que se ha llamado, creo, «el Gran Mogol» y del que se dice que es la segunda piedra más grande que existe. Luego había noventa y siete esmeraldas muy finas, y ciento setenta rubíes, algunos de los cuales, sin embargo, eran pequeños. Había cuarenta carbunclos, doscientos diez zafiros, sesenta y una ágatas, y una gran cantidad de berilos, ónices, ojos de gato, turquesas y otras piedras, cuyos nombres desconocía en aquel momento, aunque desde entonces me he familiarizado más con ellas. Además, había casi trescientas perlas muy finas, doce de las cuales estaban engastadas en un rosario de oro. Por cierto, estas últimas habían sido sacadas del cofre y no estaban allí cuando lo recuperé.

«Después de haber contado nuestros tesoros los volvimos a meter en el cofre y los llevamos a la puerta para mostrárselos a Mahomet Singh. Entonces renovamos solemnemente nuestro juramento de apoyarnos mutuamente y ser fieles a nuestro secreto. Acordamos ocultar nuestro botín en un lugar seguro hasta que el país volviera a estar en paz, y entonces repartirlo a partes iguales entre nosotros. No tenía sentido dividirlo por el momento, ya que si nos encontraban joyas de tanto valor sería motivo de sospecha, y no había intimidad en el fuerte ni ningún lugar donde pudiéramos guardarlas. Llevamos la caja, por tanto, a la misma sala donde habíamos enterrado el cadáver, y allí, bajo ciertos ladrillos del muro mejor conservado, hicimos un hueco y pusimos nuestro tesoro. Tomamos buena nota del lugar, y al día siguiente yo dibujé cuatro planos, uno para cada uno de nosotros, y puse la firma de los cuatro al pie, pues habíamos jurado que cada uno actuaría siempre por todos, para que ninguno pudiera aprovecharse. Ese es un juramento que puedo llevarme la mano al corazón y jurar que nunca he roto.

«Bueno, es inútil que les cuente, caballeros, lo que ocurrió con el motín indio. Después de que Wilson tomara Delhi y Sir Colin relevara a Lucknow se quebró la piedra fundamental del asunto. Llegaron nuevas tropas y Nana Sahib se hizo notar en la frontera. Una rápida columna al mando del Coronel Greathed llegó hasta Agra y despejó a los pandies de allí. Parecía que la paz se instalaba en el país, y los cuatro empezábamos a tener la esperanza de que se acercaba el momento en que podríamos marcharnos con seguridad con nuestra parte del botín. En un momento, sin embargo, nuestras esperanzas se hicieron añicos al ser detenidos como asesinos de Achmet.

«Sucedió de esta manera. Cuando el rajá puso sus joyas en manos de Achmet lo hizo porque sabía que era un hombre de confianza. Sin embargo, en Oriente son gente desconfiada; así que ¿qué hace este rajá sino coger a un segundo sirviente aún más digno de confianza y ponerlo a hacer de espía del primero? Este segundo hombre recibió la orden de no perder nunca de vista a Achmet y le siguió como su sombra. Aquella noche fue tras él y lo vio pasar por la puerta. Por supuesto, pensó que se había refugiado en el fuerte y solicitó él mismo su admisión allí al día siguiente, pero no pudo encontrar ni rastro de Achmet. Esto le pareció tan extraño que se lo comentó a un sargento, quien lo hizo llegar a oídos del comandante. Rápidamente se hizo una búsqueda exhaustiva y se descubrió el cadáver. Así, en el mismo momento en que pensábamos que todo estaba a salvo, fuimos los cuatro apresados y llevados a juicio acusados de asesinato, tres de nosotros porque habíamos guardado la puerta esa noche, y el cuarto porque se sabía que había estado en compañía del hombre asesinado. Ni una palabra sobre las joyas salió a la luz en el juicio, pues el rajá había sido depuesto y expulsado de la India; así que nadie tenía ningún interés particular en ellas. El asesinato, sin embargo, quedó claramente esclarecido, y era seguro que todos debíamos haber estado implicados en él. Los tres sijs obtuvieron la servidumbre penal de por vida, y yo fui condenado a muerte, aunque mi sentencia fue conmutada después y recibí la misma que la de los demás.

«Era una posición bastante extraña aquélla en la que nos encontrábamos entonces. Allí estábamos los cuatro atados de pies y manos y con muy pocas posibilidades de volver a salir, mientras que cada uno de nosotros guardaba un secreto que podría habernos metido a cada uno en un palacio si tan sólo hubiéramos podido hacer uso de él. Era suficiente para hacer que un hombre se comiera el corazón el tener que aguantar las patadas y los puñetazos de todos los mezquinos oficiales, el tener arroz para comer y agua para beber, cuando esa magnífica fortuna estaba lista para él fuera, sólo esperando a ser recogida. Podría haberme vuelto loco; pero siempre fui bastante testarudo, así que aguanté y esperé mi momento.

«Por fin me pareció que había llegado. Me cambiaron de Agra a Madrás, y de allí a la Isla de Blair, en las Andamán. Hay muy pocos convictos blancos en este asentamiento y, como me había portado bien desde el principio, pronto me encontré como una especie de privilegiado. Me dieron una cabaña en Hope Town, que es un pequeño lugar en las laderas del monte Harriet, y me dejaron prácticamente solo. Es un lugar lúgubre y febril, y todo lo que había más allá de nuestros pequeños claros estaba infestado de salvajes caníbales nativos, que estaban lo bastante dispuestos a lanzarnos un dardo envenenado si veían una oportunidad. Había que cavar, y hacer zanjas, y plantar ñame, y una docena de cosas más, así que estábamos bastante ocupados todo el día; aunque por la tarde teníamos un poco de tiempo para nosotros. Entre otras cosas, aprendí a dispensar medicamentos para el cirujano, y recogí una pizca de sus conocimientos. Todo el tiempo estaba al acecho de una oportunidad de escapar; pero había cientos de millas hasta cualquier otra tierra, y hay poco o ningún viento en esos mares... así que era un trabajo terriblemente difícil escapar.

«El cirujano, el Dr. Somerton, era un tipo joven, rápido y deportivo, y los demás oficiales jóvenes se reunían en sus habitaciones por la noche y jugaban a las cartas. El consultorio, donde solía preparar mis medicamentos, estaba junto a su sala de estar, con una pequeña ventana entre los dos. A menudo, si me sentía solo, solía apagar la lámpara del consultorio y entonces, de pie allí, podía oír su charla y observar su juego. Yo mismo soy aficionado a una partida de cartas, y observar a los demás era casi tan bueno como tener una. Estaban el Mayor Sholto, el Capitán Morstan y el Teniente Bromley Brown, que estaban al mando de las tropas nativas, y también estaba el propio cirujano y dos o tres oficiales de prisiones, viejos astutos que jugaban un juego seguro y astuto. Formaban un pequeño grupo muy acogedor.

«Bueno, hubo una cosa que muy pronto me llamó la atención, y es que los soldados solían perder siempre y los civiles ganar. Ojo, no digo que fuera nada injusto, pero era así. Estos prisioneros no habían hecho otra cosa que jugar a las cartas desde que estaban en las Andamán, y conocían el juego de los demás hasta cierto punto, mientras que los otros sólo jugaban para pasar el rato y tiraban sus cartas de cualquier manera. Noche tras noche los soldados se levantaban más pobres, y cuanto más pobres más ganas tenían de jugar. El Mayor Sholto fue el más afectado. Al principio pagaba con billetes y oro, pero pronto pasó a hacerlo con billetes firmados a mano y por grandes sumas. A veces ganaba durante unas cuantas partidas, lo que le animaba, y luego la suerte se cebaba con él peor que nunca. Todo el día andaba de un lado para otro, negro de rabia, como un trueno, y se aficionó a beber mucho más de lo que le convenía.

«Una noche perdió aún más de lo habitual. Yo estaba sentado en mi cabaña cuando él y el Capitán Morstan llegaron dando tumbos de camino a sus aposentos. Eran amigos íntimos, esos dos, y nunca se separaban. El mayor deliraba sobre sus pérdidas.

«"Todo está acabado, Morstan", decía, mientras pasaban por delante de mi cabaña. "Tendré que enviar mis papeles. Soy un hombre arruinado".

«"¡Tonterías, viejo amigo!", dijo el otro, dándole una palmada en el hombro. "Yo mismo he tenido mucha bronca, pero...". Eso fue todo lo que pude oír, pero bastó para hacerme pensar.

«Un par de días después, el Mayor Sholto paseaba por la playa; así que aproveché la ocasión para hablar con él.

«"Necesito su consejo, mayor", le dije.

«"Bueno, Small, ¿qué pasa?", preguntó, quitándose el puro de los labios.

«"Quería preguntarle, señor", le dije, "quién es la persona adecuada a la que se debe entregar un tesoro escondido. Sé dónde se esconde medio millón de libras y, como no puedo utilizarlo yo mismo, pensé que quizá lo mejor que podría hacer sería entregárselo a las autoridades competentes, y entonces quizá conseguirían que me acortaran la condena".

«"¿Medio millón de libras, Small?", jadeó, mirándome fijamente para ver si hablaba en serio.

«"Eso mismo, señor... en joyas y perlas. Yace allí listo para cualquiera. Y lo más extraño del asunto es que el verdadero propietario está fuera de la ley y no puede tener propiedades, de modo que pertenece al primero que lo obtenga".

«"Al gobierno, Small...", tartamudeó, "al gobierno". Pero lo dijo de forma entrecortada, y supe en mi corazón que lo había atrapado.

«"¿Cree entonces, señor, que debería dar la información al Gobernador General?", dije yo, tranquilamente.

«"Bueno, bueno, no debe hacer nada imprudente, o de lo que pueda arrepentirse. Déjeme oírlo todo, Small. Deme los hechos'.

«Le conté toda la historia, con pequeños cambios para que no pudiera identificar los lugares. Cuando terminé se quedó inmóvil y pensativo. Pude ver por el tic de su labio que había una lucha en su interior.

«"Este es un asunto muy importante, Small", dijo, al fin. "No debe decir ni una palabra a nadie sobre ello, y volveré a verle pronto".

«Dos noches después, él y su amigo el Capitán Morstan vinieron a mi cabaña en plena noche con un farol.

«"Quiero que el Capitán Morstan oiga esa historia de sus propios labios, Small", dijo él.

«La repetí, tal como la había contado antes.

«"Parece cierto, ¿eh?", dijo él. "¿Es lo suficientemente bueno como para actuar en consecuencia?".

«El Capitán Morstan asintió.

«"Mire, Small", dijo el mayor. "Hemos estado hablando de ello, mi amigo aquí presente y yo, y hemos llegado a la conclusión de que este secreto suyo difícilmente es un asunto gubernamental, después de todo, sino que es un asunto privado suyo, del que, por supuesto, usted tiene el poder de disponer como mejor le parezca. Ahora, la pregunta es, ¿qué precio pediría por ello? Nosotros podríamos estar inclinados a aceptarlo, y al menos estudiarlo, si pudiéramos ponernos de acuerdo en cuanto a las condiciones". Intentó hablar de forma fría y despreocupada pero sus ojos brillaban de excitación y codicia.

«"Pues bien, en cuanto a eso, caballeros", respondí, tratando también de mantener la calma, pero sintiéndome tan excitado como él, "sólo hay un trato que un hombre en mi posición puede hacer. Quiero que me ayuden a conseguir mi libertad y que ayuden a mis tres compañeros a conseguir la suya. Entonces les tomaremos como socios y les daremos una quinta parte para dividir entre ustedes".

«"¡Hum!", dijo él. "¡Una quinta parte! Eso no es muy tentador".

«"Llegaría a cincuenta mil por cabeza", le dije.

«"¿Pero cómo podemos conseguir su libertad? Sabe muy bien que pide un imposible".

«"Para nada", le contesté. "Lo he pensado todo hasta el último detalle. El único obstáculo para nuestra huida es que no podemos conseguir ningún barco apto para el viaje, ni provisiones que nos duren tanto tiempo. Hay un montón de pequeños yates y yolas en Calcuta o Madrás que nos servirían. Traiga uno. Nos comprometeremos a subir a bordo de él por la noche, y si nos deja en cualquier parte de la costa india habrá cumplido su parte del trato".

«"Si sólo hubiera uno de ustedes", dijo.

«"Ninguno o todos", respondí. "Lo hemos jurado. Los cuatro debemos actuar siempre juntos".

«"Ya ve, Morstan", dijo él, "Small es un hombre de palabra. No traiciona a sus amigos. Creo que podemos confiar muy bien en él".

«"Es un negocio sucio", respondió el otro. "Sin embargo, como usted dice, el dinero ahorraría nuestras comisiones generosamente".

«"Bien, Small", dijo el mayor, "debemos, supongo, intentar reunirnos con usted. Primero debemos, por supuesto, comprobar la veracidad de su historia. Dígame dónde está escondida la caja y obtendré un permiso para ausentarme y volver a la India en el barco de auxilio mensual para investigar el asunto".

«"No tan rápido", dije yo, cada vez más frío a medida que él se calentaba. "Debo tener el consentimiento de mis tres camaradas. Le digo que son cuatro o ninguno, así es con nosotros".

«"¡Tonterías!", interrumpió. "¿Qué tienen que ver tres tipos negros con nuestro acuerdo?".

«"Negros o azules", dije, "están conmigo y vamos todos juntos".

«Bien, el asunto terminó con una segunda reunión, en la que estuvieron presentes Mahomet Singh, Abdullah Khan y Dost Akbar. Volvimos a hablar del asunto y por fin llegamos a un acuerdo. Debíamos proporcionar a ambos oficiales planos de la parte del fuerte de Agra y marcar el lugar de la muralla donde estaba escondido el tesoro. El Mayor Sholto debía ir a la India para poner a prueba nuestra historia. Si encontraba la caja debía dejarla allí, enviar un pequeño yate aprovisionado para una travesía, que debía situarse frente a la Isla de Rutland, y hacia la que debíamos dirigirnos, y finalmente regresar a sus funciones. El Capitán Morstan debía entonces solicitar un permiso para ausentarse, reunirse con nosotros en Agra, y allí haríamos un reparto final del tesoro, llevándose él tanto la parte del mayor como la suya propia. Todo esto lo sellamos con los juramentos más solemnes que la mente pudiera pensar o los labios pronunciar. Me pasé toda la noche sentado con papel y tinta, y por la mañana ya tenía las dos cartas listas, firmadas con el signo de los cuatro, es decir, de Abdullah, Akbar, Mahomet y yo.

«Bien, caballeros, les he cansado con mi larga historia, y sé que mi amigo, Mr. Jones, está impaciente por tenerme a salvo en prisión. Lo haré tan breve como pueda. El villano Sholto se fue a la India, pero nunca volvió. El Capitán Morstan me mostró su nombre entre una lista de pasajeros de uno de los barcos de correo muy poco tiempo después. Su tío había muerto, dejándole una fortuna, y él había abandonado el ejército; sin embargo, podía rebajarse a tratar a cinco hombres como nos había tratado a nosotros. Morstan fue a Agra poco después y descubrió, como esperábamos, que el tesoro había desaparecido efectivamente. El canalla lo había robado todo, sin cumplir ni una sola de las condiciones con las que le habíamos vendido el secreto. Desde aquel día sólo viví para la venganza. Pensaba en ella de día y la alimentaba de noche. Se convirtió en una pasión abrumadora y absorbente para mí. No me importaba nada la ley, nada la horca. Escapar, seguir la pista de Sholto, tener mi mano sobre su garganta... ese era mi único pensamiento. Incluso el tesoro de Agra había llegado a ser una cosa más pequeña en mi mente que el asesinato de Sholto.

«Bueno, me he propuesto muchas cosas en esta vida, y nunca una que no haya llevado a cabo. Pero pasaron años agotadores antes de que llegara mi hora. Ya les he dicho que había aprendido algo de medicina. Un día, cuando el Dr. Somerton estaba enfermo de fiebre, un pequeño isleño de Andamán fue recogido por una banda de convictos en el bosque. Estaba enfermo de muerte y se había ido a morir a un lugar solitario. Me hice cargo de él, aunque era tan venenoso como una serpiente joven, y al cabo de un par de meses conseguí que se pusiera bien y pudiera caminar. Entonces se encaprichó conmigo y apenas si estaba en su bosque, al contrario, siempre rondaba por mi cabaña. Aprendí de él un poco de su jerga y esto hizo que me tuviera más cariño.

«Tonga —pues ése era su nombre— era un buen barquero y poseía una canoa grande y espaciosa de su propiedad. Cuando me di cuenta de que sentía devoción por mí y que haría cualquier cosa por servirme, vi mi oportunidad de escapar. Lo hablé con él. Debía llevar su barca una noche determinada a un viejo muelle que nunca estaba vigilado, y allí debía recogerme. Le di instrucciones para que tuviera varias vasijas de agua y un montón de ñames, nueces de cacao y boniatos.

«Era fiel y leal, era el pequeño Tonga. Ningún hombre tuvo jamás un compañero más fiel. En la noche fijada tenía su barco en el muelle. Pero dio la casualidad de que había allí uno de los guardias de convictos... un vil pathan que nunca había perdido la oportunidad de insultarme e injuriarme. Siempre había jurado venganza, y ahora tenía mi oportunidad. Era como si el destino le hubiera puesto en mi camino para que pudiera pagar mi deuda antes de abandonar la isla. Estaba de pie en la orilla, de espaldas a mí, y con su carabina al hombro. Miré a mi alrededor en busca de una piedra con la que golpearle los sesos, pero no pude ver ninguna. Entonces un extraño pensamiento me vino a la cabeza y me mostró dónde podía poner la mano sobre un arma. Me senté en la oscuridad y desaté mi pata de palo. Con tres largos saltos estaba sobre él. Se puso la carabina al hombro, pero le di de lleno y le reventé toda la parte delantera del cráneo. Aquí pueden ver la hendidura en la madera donde le golpeé. Los dos caímos juntos, pues no pude mantener el equilibrio, pero cuando me levanté lo encontré todavía tumbado y tranquilo. Me dirigí al bote y en una hora estábamos bien adentrados en el mar. Tonga había traído consigo todas sus posesiones terrenales, sus armas y sus dioses. Entre otras cosas, llevaba una larga lanza de bambú y algunas esteras de cacao de Andamán, con las que hice una especie de vela. Durante diez días estuvimos a los tumbos, confiando en la suerte, y el undécimo nos recogió un comerciante que iba de Singapur a Yidda con un cargamento de peregrinos malayos. Eran un equipo que se ocupaba del ron, y Tonga y yo pronto conseguimos acomodarnos entre ellos. Tenían una cualidad muy buena: te dejaban en paz y no hacían preguntas.

«Bueno, si les contara todas las aventuras por las que pasamos mi amiguito y yo, no me lo agradecerían, pues les tendría aquí hasta que brillara el sol. Aquí y allá anduvimos a la deriva por el mundo, siempre surgía algo que nos alejaba de Londres. Todo el tiempo, sin embargo, mantenía vivo mi propósito. Por las noches soñaba con Sholto. Cien veces lo maté mientras dormía. Por fin, sin embargo, hace unos tres o cuatro años, nos encontramos en Inglaterra. No me costó mucho encontrar dónde vivía Sholto y me puse manos a la obra para descubrir si había vendido el tesoro, o si aún lo tenía. Me hice amigo de alguien que podía ayudarme —no doy nombres, pues no quiero meter a nadie más en un lío— y pronto descubrí que aún tenía las joyas. Entonces intenté llegar a él de muchas maneras; pero era bastante astuto, y siempre tenía a dos pugilistas, además de sus hijos y su khitmutgar, de guardaespaldas.

«Un día, sin embargo, recibí la noticia de que se estaba muriendo. Me apresuré enseguida a ir al jardín, loco al pensar que se me escapaba así de las garras, y, al mirar por la ventana, lo vi tendido en su cama, con sus hijos a cada lado. Habría pasado y aprovechado mi oportunidad con los tres, pero mientras le miraba se le cayó la mandíbula y supe que se había ido. Sin embargo, esa misma noche entré en su habitación y busqué entre sus papeles para ver si había algún registro de dónde había escondido nuestras joyas. No había ni una línea, sin embargo: así que me marché, amargado y salvaje como puede serlo un hombre. Antes de marcharme pensé que si alguna vez volvía a encontrarme con mis amigos sijs sería una satisfacción saber que había dejado alguna marca de nuestro odio; así que garabateé el signo de los cuatro, tal como había quedado en la carta, y se lo prendí en el pecho. Era demasiado que se lo llevaran a la tumba sin alguna señal de los hombres a los que había robado y engañado.

«En aquella época nos ganábamos la vida exhibiendo al pobre Tonga en ferias y otros lugares como el caníbal negro. Comía carne cruda y bailaba su danza de guerra; así que siempre teníamos un sombrero lleno de peniques después de un día de trabajo. Yo seguía recibiendo todas las noticias de Pondicherry Lodge, y durante algunos años no hubo noticias que oír, salvo que estaban a la caza del tesoro. Por fin, sin embargo, llegó lo que habíamos esperado durante tanto tiempo. El tesoro había sido encontrado. Estaba en lo alto de la casa, en el laboratorio químico de Mr. Bartholomew Sholto. Acudí de inmediato y eché un vistazo al lugar, pero no veía cómo con mi pata de palo iba a abrirme camino hasta él. Me enteré, sin embargo, de que había una trampilla en el techo, y también de la hora de la cena de Mr. Sholto. Me pareció que podría arreglármelas fácilmente con Tonga. Lo traje conmigo con una larga cuerda enrollada a la cintura. Sabía trepar como un gato y pronto se abrió paso por el tejado, pero, para su mala suerte, Bartholomew Sholto seguía en la habitación, para desgracia de éste. Tonga pensó que había hecho algo muy inteligente al matarlo, pues cuando subí por la cuerda lo encontré regodeándose, tan orgulloso como un pavo real. Se sorprendió mucho cuando le golpeé con el extremo de la cuerda y le maldije por ser un pequeño diablillo sediento de sangre. Cogí la caja del tesoro y la bajé, y luego me deslicé yo mismo, habiendo dejado antes el signo de los cuatro sobre la mesa, para mostrar que las joyas habían vuelto por fin a quienes más derecho tenían a ellas. Tonga tiró entonces de la cuerda, cerró la ventana y se marchó por donde había venido.

«No sé si tengo algo más para decirles. Había oído a un aguatero hablar de la velocidad del barco de Smith, el *Aurora*, así que pensé que sería una embarcación útil para nuestra huida. Me comprometí con el viejo Smith y debía darle una gran suma si nos llevaba sanos y salvos a nuestro barco. Él sabía, sin duda, que había algún tornillo suelto, pero no estaba atrás de nuestros secretos. Todo esto es la verdad, y si se lo cuento a ustedes, caballeros, no es para divertirles —pues no me han hecho ningún favor—, sino porque creo que la mejor defensa que puedo hacer es no guardarme nada, y que todo el mundo sepa lo mal que me ha tratado el Mayor Sholto, y lo inocente que soy de la muerte de su hijo».

«Un relato muy notable», dijo Sherlock Holmes. «Un final apropiado para un caso sumamente interesante. No hay nada nuevo para mí en la última parte de su relato, excepto que usted trajo su propia cuerda. Eso no lo sabía. Por cierto, esperaba que Tonga hubiera perdido todos sus dardos; sin embargo, se las arregló para dispararnos uno en el bote».

«Los había perdido todos, señor, excepto el que tenía en la cerbatana en ese momento».

«Ah, por supuesto», dijo Holmes. «No había pensado en ello».

«¿Hay algún otro punto sobre el que le gustaría preguntar?», preguntó el convicto, afablemente.

«Creo que no, gracias», respondió mi acompañante.

«Bien, Holmes», dijo Athelney Jones, «es usted un hombre al que hay que seguir la corriente, y todos sabemos que es usted un conocedor del crimen, pero el deber es el deber, y he ido bastante lejos al hacer lo que usted y su amigo me pidieron. Me sentiré más tranquilo cuando tengamos aquí a nuestro cuentacuentos a salvo bajo llave. El taxi aún espera, y hay dos inspectores abajo. Les estoy muy agradecido a ambos por su ayuda. Por supuesto, se les necesitará en el juicio. Buenas noches».

«Buenas noches a ambos caballeros», dijo Jonathan Small.

«Usted primero, Small», comentó el cauteloso Jones cuando salieron de la habitación. «Tendré especial cuidado de que no me golpee con su pata de palo, independientemente de lo que le haya hecho al caballero de las islas Andamán».

«Bueno, y ahí está el final de nuestro pequeño drama», comenté, después de que hubiéramos pasado un rato fumando en silencio. «Me temo que será la última investigación en la que tendré la oportunidad de estudiar sus métodos. Miss Morstan me ha hecho el honor de aceptarme como futuro marido».

Dio un gemido de lo más lúgubre. «Me lo temía», dijo. «Realmente no puedo felicitarle».

Me sentí un poco dolido. «¿Tiene alguna razón para estar insatisfecho con mi elección?», le pregunté.

«En absoluto. Creo que es una de las jóvenes más encantadoras que he conocido, y podría haber sido muy útil en un trabajo como el que hemos estado haciendo. Tenía un genio decidido en ese sentido... usted es testigo de la forma en que preservó ese plano de Agra de todos los demás papeles de su padre. Pero el amor es algo emocional, y todo lo que es emocional se opone a esa verdadera razón fría que yo sitúo por encima de todas las cosas. Yo nunca me casaría, no sea que sesgue mi juicio».

«Confío», dije riendo, «en que mi juicio sobreviva a la prueba. Pero parece cansado».

«Sí, la reacción ya me ha sobrevenido. Estaré tan flácido como un trapo por una semana».

«Es extraño», dije, «cómo lo que en otro hombre llamaría pereza se alterna con sus arrebatos de espléndida energía y vigor».

«Sí», respondió, «hay en mí la gestación de un holgazán muy fino y también de un tipo bastante ágil. A menudo pienso en esas líneas del viejo Goethe:

> Schade dass die Natur nur *einen* Mensch aus Dir schuf,
> Denn zum würdigen Mann war und zum Schelmen der Stoff.

«Por cierto, *a propósito* de este asunto de Norwood, verá que tenían, como yo suponía, un confederado en la casa, que no podía ser otro que Lal Rao, el mayordomo: así que Jones tiene en realidad el honor indiviso de haber pescado un pez en su gran botín».

«La división parece bastante injusta», comenté. «Usted ha hecho todo el trabajo en este negocio. Yo saco una esposa de ello, Jones se lleva el mérito, ¿qué queda para usted?».

«Para mí», dijo Sherlock Holmes, «aún queda la botella de cocaína». Y estiró su larga y blanca mano hacia ella.

CLÁSICOS EN ESPAÑOL

Esperamos que haya disfrutado esta lectura. ¿Quiere leer otra obra de nuestra colección de *Clásicos en español*?

En nuestro Club del Libro encontrarás artículos relacionados con los libros que publicamos y la literatura en general. ¡Suscríbete en nuestra página web y te ofrecemos un ebook gratis por mes!

Recibe tu copia totalmente gratuita de nuestro *Club del libro* en rosettaedu.com/pages/club-del-libro

Rosetta Edu

CLÁSICOS EN ESPAÑOL

Una habitación propia se estableció desde su publicación como uno de los libros fundamentales del feminismo. Basado en dos conferencias pronunciadas por Virginia Woolf en colleges para mujeres y ampliado luego por la autora, el texto es un testamento visionario, donde tópicos característicos del feminismo por casi un siglo son expuestos con claridad tal vez por primera vez.

Oscar Wilde escribe una sola novela, *El retrato de Dorian Gray*; ésta fue el objeto de una crítica moralizante mordaz por parte de sus contemporáneos que no pudieron ver que dentro de una trama perfectamente compuesta se escondía toda la tragedia del romanticismo. Cien años después no ha perdido su impacto original y sigue siendo un texto fundamental para los debates sobre la estética y la moral.

Otra vuelta de tuerca es una de las novelas de terror más difundidas en la literatura universal y cuenta una historia absorbente, siguiendo a una institutriz a cargo de dos niños en una gran mansión en la campiña inglesa que parece estar embrujada. Los detalles de la descripción y la narración en primera persona van conformando un mundo que puede inspirar genuino terror.

rosettaedu.com

Rosetta Edu

EDICIONES BILINGÜES

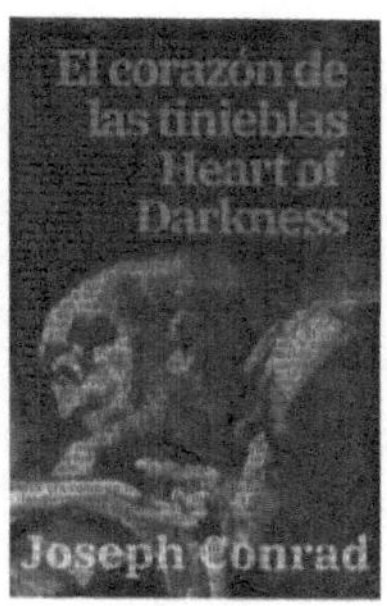

En una atmósfera constante de misterio y amenaza, *El corazón de las tinieblas* narra el peligroso viaje de Marlow por un río (sin duda el Congo aunque no es nombrado en el relato) africano. Lo que el marino puede observar en su viaje le horroriza, le deja perplejo, y pone en tela de juicio las bases mismas de la civilización y la naturaleza humana.

Durante décadas, y acercándose a su centenario, *El gran Gatsby* ha sido considerada una obra maestra de la literatura y candidata al título de «Gran novela americana» por su dominio al mostrar la pura identidad americana junto a un estilo distinto y maduro. La edición bilingüe permite apreciar los detalles del texto original y constituye un paso obligado para aprender el inglés en profundidad.

En *La señora Dalloway* Virginia Woolf relata un día en la vida de Clarissa Dalloway, una señora de la clase alta casada con un miembro del parlamento inglés, y de un ex-combatiente que lucha contra su enfermedad mental. La innovación de la novela es la corriente de consciencia: Woolf sigue el pensamiento de cada personaje, siendo excelente a la hora de narrar emociones, asociaciones y sentimientos.

rosettaedu.com

www.ingramcontent.com/pod-product-compliance
Lightning Source LLC
Chambersburg PA
CBHW031006210726
48290CB00007B/2497